北海道豆本 series51

@空撮日記－2022

爪句集　覚え書き―51集

本爪句集はシリーズで出版してきており 2022 年 2 月に第 50 集「爪句@今日の一枚― 2021」を出版してから 1 年後の出版となる第 51 集目である。第 51 集の体裁は第 50 集とほぼ同じで、年が 2021 年から 2022 年に変わっているので、爪句集の書名は第 50 集の 2021 を 2022 に変えるだけでもよかった。しかし、1 年も経つと変化を求めたい気持ちも高じて「爪句@空撮日記」にしている。

本爪句集は毎日投稿しているブログの記事から月毎に 17 日の記事を選んでいる。ブログはインターネットを利用した写真を主体にした電子日記でもある。この写真に空撮写真を取り入れていて、ドローンでは撮影出来ない天空部分に別撮りした写真を貼り合わせている。こうする事で複数枚の写真を 1 枚の空撮写真に貼り込めている。これは空撮写真を背景にした複数枚の写真展示であり、爪句集にした時、1 ページ 1 枚の写真として表示でき、印刷ページを節約できる利点がある。これが書名を「空撮」日記にした理由になっている。

さて造語「爪句」についてここでも解説してお

きたい。「札幌市もいわ地区センター」から依頼されて爪句に関する講演を行う予定だった。これがコロナ禍で中止となった。この時、講演のために作ったスライド（目次に続くページの写真のQR コードを読み取るとパノラマ表示で見ることが可能）に写真と俳句を組み合わせた「フォト俳句」と「爪句」の違いとして「フォト俳句＝写真×俳句」、「爪句＝写真＋俳句」としている。

これは説明を要する。フォト俳句も爪句も写真に俳句（川柳）を添えた形式は同じである。しかし、目的とするところは少し違っている。俳句は17 文字のテキストデータで閉じられた世界、そこで感性を表現し想像を広げていく。フォト俳句は俳句の 17 文字の世界に写真という視覚の世界を重ねて俳句の世界とは異なる次元の世界を作り出すものである。従って写真の説明で終始するのではなく、俳句のみでは表現し難い部分を写真で補間するとか、写真には込められなかった自分の気持ちをより的確に 17 文字で表現する事を目指している。写真と俳句の掛け算効果が期待されている。

これに対して爪句は写真のキャプション（説明）と捉えるのがより適切と思われる。つまり写真に俳句を足したものである。爪句の造語がパソコンによる写真整理技法－サムネイル（親指の爪）に由来することからも本来的に写真検索ための句といった意味合いが強い。これは爪句集作り（出版）のための作業が背後に控えている事を意味している。フォト俳句は写真や絵画の１枚の作品に焦点を合わせるので、写真と俳句のダブりを嫌う。一方爪句は多数の作品（写真）の区別に主眼が置かれ、効率良くその作品に辿り着ければよい。

前述の中止になった講演会では、参加者がそれぞれ爪句を付けた写真を持ち寄り披露する「実践」が主催者側で企画されていた。しかし、これはフォト俳句の実践で厳密な意味での爪句の実践ではない。爪句はパソコンによる画像データ処理を経て出版まで行って初めて実践となる。だから爪句は写真のキャプション作りで敷居が低いけれど、出版まで行くにはハードルが高い。

空撮写真に別撮りの写真を貼り込む技法は空撮写真をギャラリーにした写真展を開いているともみなせる。本爪句集の空撮写真は自宅の上空で撮影したものが多い。季節や天候の変化はあるとしても毎日同じような空撮写真が並び、そこに貼り付ける日々の新しい写真に対して、写真を展示する変わらぬ背景のようにも見える。この状態で爪句は写真展の各室への案内ともみなせる。ブログを介して爪句が表現するテーマの写真展を日々行ってきたとも考えられる。なお、自宅庭上空は人口密集地で、ここでのドローン飛行は「無人航空機の飛行に係る許可・承認書」(東空運第23917号)を国交省(東京航空局長)から得て行っている。

空撮写真は日の出を狙って撮影している。日の出が上手く撮れる日もそうでない日もある。日の出の定点観察空撮写真になっている。これが気象の研究につながるものがないか考える事がある。そうなれば爪句は研究データの記録ともなる。研究と限定しなくとも写真に付けられた爪句を並べると、何か新しいつながりや発見に辿り着けそうだ思ったりしている。今のところはっきりしたイメージを持てないけれど、爪句の発展につなげられるのではないかと考えている。

雪曇りで初日の出を拝めない
2023年1月元日に

目　次

日の出撮る
日々が太字で
残るかな

※爪句ブログのカレンダー（**太字**が収録日）

2022 年 1 月

S	M	T	W	T	F	S
						1
2	3	**4**	5	6	7	**8**
9	**10**	11	**12**	**13**	14	15
16	**17**	**18**	**19**	**20**	21	22
23/30	**24/31**	25	**26**	**27**	**28**	29

2022 年 2 月

S	M	T	W	T	F	S
		1	**2**	**3**	**4**	**5**
6	**7**	8	**9**	**10**	**11**	12
13	14	**15**	16	17	**18**	**19**
20	**21**	22	23	24	**25**	26
27	**28**					

2022年3月

S	M	T	W	T	F	S
		1	2	**3**	4	**5**
6	7	**8**	9	**10**	**11**	**12**
13	**14**	15	**16**	**17**	18	19
20	21	22	23	**24**	**25**	**26**
27	**28**	29	**30**	**31**		

2022年4月

S	M	T	W	T	F	S
					1	**2**
3	**4**	**5**	**6**	**7**	**8**	**9**
10	**11**	12	13	**14**	15	16
17	18	**19**	20	**21**	22	23
24	25	**26**	**27**	**28**	29	30

2022年5月

S	M	T	W	T	F	S
1	2	3	**4**	**5**	**6**	7
8	**9**	**10**	**11**	**12**	13	**14**
15	16	**17**	**18**	**19**	20	21
22	23	24	**25**	**26**	27	**28**
29	**30**	31				

2022年6月

S	M	T	W	T	F	S
			1	**2**	**3**	**4**
5	6	**7**	**8**	**9**	**10**	11
12	**13**	**14**	**15**	16	**17**	**18**
19	20	21	**22**	23	24	25
26	**27**	28	29	30		

2022年7月

S	M	T	W	T	F	S
					1	**2**
3	4	**5**	**6**	**7**	**8**	9
10	11	12	13	14	**15**	**16**
17	**18**	19	**20**	**21**	22	23
24/31	25	**26**	27	28	**29**	**30**

2022年8月

S	M	T	W	T	F	S
	1	2	**3**	**4**	5	**6**
7	**8**	9	**10**	**11**	12	**13**
14	**15**	16	17	**18**	**19**	**20**
21	22	**23**	**24**	25	**26**	27
28	29	30	31			

2022年9月

S	M	T	W	T	F	S
				1	**2**	**3**
4	**5**	**6**	**7**	**8**	9	**10**
11	12	**13**	14	**15**	16	**17**
18	19	20	**21**	22	23	24
25	26	**27**	**28**	29	**30**	

2022年10月

S	M	T	W	T	F	S
						1
2	**3**	4	5	6	7	**8**
9	10	**11**	**12**	13	**14**	15
16	**17**	18	19	20	**21**	**22**
23/30	**24**/31	**25**	**26**	**27**	**28**	29

2022年11月

S	M	T	W	T	F	S
		1	**2**	3	4	**5**
6	**7**	**8**	**9**	10	**11**	**12**
13	**14**	**15**	**16**	**17**	**18**	19
20	21	22	**23**	**24**	25	26
27	28	29	30			

2022年12月

S	M	T	W	T	F	S
				1	2	**3**
4	5	**6**	**7**	8	9	**10**
11	**12**	13	**14**	**15**	**16**	17
18	**19**	**20**	21	**22**	23	**24**
25	26	**27**	28	**29**	30	**31**

2022年11月23日（水）勤労感謝の日

コロナ禍や　爪句を語る　機会失せ

勤労感謝の日の祝日。当初の予定では「札幌市もいわ地区センター」で爪句に関する講演だった。講演用スライドも準備していたけれど、過去最多のコロナ感染拡大ということで講演は中止となる。参加者が集まらなかったのが中止の真の理由かもしれない。

2022年1月1日(土)

元日

初日の出　見られぬ朝の　初撮影

朝から曇りで時折小雪。初日の出が見られない中、庭で日課の空撮を行う。窓の気温計の針は−10℃を指していてかなり寒い。ほぼ同時刻にテレビで富士山頂の初日の出の生中継を行っている。山頂の日の出のダイヤモンドが映像で見事に捉えられている。

2022年1月2日(日)

祝電の　主の記事あり　マイコン誌

昨日菊池豊氏より「μコンピュータの研究」誌に掲載された氏の記事の有無の問い合わせのメールが届く。調べて手書きの記事のコピーを送る。未だ記事があったはずとの応答で本日調べて見つける。氏は当時札幌南高校生で叙勲への祝電の主とわかる。

2022年1月4日(火)

束の間の　日の出を狙い　ドローン撮

今年に入って太陽が空に輝いている日がない。今朝も日の出が少しばかり見えていたけれどその後は雪となる。家の前の雪かきをするぐらいで散歩に出掛ける気分にならない。その分仕事ははかどり「爪句@今日の一枚— 2021」の原稿を仕上げる。

2022年1月8日(土)

カード持ち　利用に難儀　デジタル化

　道新朝刊に「マイナンバーカード要る、要らない」の記事があり「本人確認に活用　民間で普及期待」の識者のコメントもある。ドローンの機体登録が義務付けられ、国土交通省の登録画面でマイナンバーカードによる本人情報の転送に失敗している。

2022年1月10日(月)
成人の日

夢に見る　2万の値(ね)つく　稀覯(きこう)本

最近のニュースでアップルの時価総額が3兆ドルを超えたのを知る。アップルの株を買っておけば老後は困らなかったと思っても後の祭り。ビットコインの相場は500万円を割り込む。以前爪句集の価格を0.004BTCに設定しており2万円前後となる。

2022年1月12日(水)

大雪や　道路狭まり　1車線

朝起きてみると天気予報通り大雪。除雪車も入っていなくて、車の轍の跡が積雪の上に続いている。ガレージから１車線しかない道路まで出てパノラマ写真を撮る。向かいの家は道路に面して雪を積み上げるので、雪が降る度に雪山が高くなってくる。

2022年1月13日(木)

大雪と　オミクロン株　攻め来たり

昨日に続いて今日も大雪の朝となる。道新朝刊に昨日の大雪による交通混乱の記事が載る。この大雪とコロナ禍の中、旅行している人や仕事で移動せねばならぬ人は気の毒である。朝食後、自宅前の雪を庭の空き地まで運ぶ。大雪の記録のため空撮を行う。

2022年1月17日(月)

校正と　作業並行　風除室

我が家は階段を上って２階に玄関がある。積雪期にはこの階段に積もる雪を除く仕事がある。夫婦共々齢なので、この雪かきから解放されたいと、風除室の工事が始まる。ドローンで工事の進展状況を空撮。本日届いた爪句集第50集の初校に目を通す。

2022年1月18日(火)

気に入った　エゾライチョウを　切手にし

昨冬は庭であれほど見た野鳥がさっぱり見られない。餌台も昨冬通りに設置しているのに鳥影がない。夏に庭のソメイヨシノをかなり剪定したせいだろうか。一昨年撮ったエゾライチョウのオリジナル切手を注文し、刷り上がり前のシートを点検する。

2022年1月19日(水)

日の出時（どき）　氷花の見えて　風除室

　久しぶりに陽の形がはっきりした日の出を見て空撮。日の出時刻はそろそろ６時台に入ろうとしている。昨日完成した玄関の風除室で日の出を見る。風除室のガラス窓に氷の花が咲いている。ペアガラスの室内では見られない氷の花が楽しめそう。

2022年1月20日(木)

懐かしき　研究用語　波動かな

　今年最初のオンライン勉強会は琉球大学工学部の藤井智史教授が講師で「短波海洋レーダの技術と応用」のテーマの講義となる。この方面の国際的研究の紹介もあり、海洋国家日本として、この分野の研究をさらに前進させていく必要ありと感じた。

2022年1月23日(日)

紙面記事　歴史固定し　サッポロバレー

　昨日に続いて道新朝刊に福岡経済の好調と比較してサッポロバレーの歴史を振り返る記事が出る。本庄彩芳記者が取材し１月に同紙のカメラマンが北大工学部の前で撮った著者の写真も載る。北大退職間際に出版した自費出版本と書中の図表を見返す。

2022年1月26日(水)

爪句集　暦に並び　50巻

爪句集第50集の再校が届き、表紙の表裏を確認。先に制作した景観カレンダーの余白に出版した爪句集の第1集から第50集の表紙を並べた。カレンダー印刷時には第49集と第50集は出版されていなかったので、カレンダーにはダミー表紙を印刷している。

2022年1月27日(木)

コロナ禍や　校正合わせ　オンライン

コロナ禍で生活のスタイルが変わる影響は著者にも及んでいる。以前、爪句集の出版では校正を持って印刷会社まで行き打ち合わせをしていたものが、オンライン利用に切り換えている。午前中爪句集第50集の再校打ち合わせをオンラインで行う。

2022年1月28日(金)

期待する　記事掲載時　感染減

道新朝刊に道内感染最多 2856 人の見出し記事が出る。札幌は 1590 人。記事を読んで道新本社に爪句集の取材を受けるため、これまで出版した全 49 巻を背負って行き、あれこれ話した後に写真撮影となる。記事が出る頃感染のピークアウトを期待する。

2022年1月30日(日)

街の鳥　スズメヒヨドリ　ツグミかな

雲間からの日の出を空撮。空撮後野鳥を求めて家の近くを歩く。ヒヨドリ、スズメが目に留まる。スズメは季節を問わず街の鳥で、ヒヨドリもこの時季には街の鳥といってもよい。ツグミを見かける。ツグミを見ると春が近づいている感じがする。

2022年1月31日(月)

睦月末　愛妻の日と　新知見

新聞のコラムを読んで1月31日は“愛妻の日”と知る。1（月）を英語のI（愛）として31（日）を“さい（妻)”と読ませる。贈り物を買わせる商魂が考え出したか。空撮写真採用の自家製カレンダーの1月と2月を今朝の雪降りの空に貼り込む。

2022年2月2日(水)

コロナ禍で　色校チェックや　オンライン

爪句集第50集の色校がファイル便で届く。アイワードの担当者からQRコードで読み込めないものがあるとの事で対応。爪句集の表紙をデザインしたオリジナル切手制作を検討する。石原慎太郎氏の訃報に関連した新聞記事を読む。石原文学には疎い。

2022年2月3日(木)

魔鬼城の石　手元にて　豆食らう

朝刊に道内のコロナ感染第6波で感染者3587人の最多更新の記事が載る。自宅に籠って中国旅行で土産に拾って来た石を整理する。敦煌の雅丹・魔鬼城でスケッチした時に手にした石がある。撮った写真に案内役の蘭州交通大学の邱沢陽教授が写る。

2022年2月4日(金)

立春や　庭に野鳥(とり)来て　シジュウカラ

暦で今日は立春。オミクロン株が猛威を振るっていて、全国で10万人を超す感染者と新聞に報道されている。庭で久しぶりにシジュウカラを見て窓越しに撮る。庭でドローンを飛ばし空撮を行う。日の出は雲に隠され陽の光の乏しい雪景色が広がる。

2022年2月5日(土)

威信かけ　冬季五輪の　開始かな

昨夜は北京冬季オリンピックの開会式をテレビで視る。国内の人権問題、ゼロコロナ政策と中国の威信をかけた一大政治イベントでもある。日本は史上最多の124選手が参加する。過去の冬季五輪の映像が流れ、1972年の札幌大会が映し出された。

2022年2月6日(日)

大雪や　空から撮りて　爪句詠む

　北海道新聞社が運営しているクラウドファンディング find-H の紙面広告に爪句が取り上げられる。大雪で中2階の居間のガラス窓の半分以上に積雪が見える。1日かなりの時間雪かきとなる。ドローンで撮影した空撮写真に運んだ庭の雪の山が写る。

大雪や　高齢者出て　雪運び

朝刊に「札幌24時間降雪最多60センチ」の見出し記事が載る。今朝は晴れた天気で、除雪車が残していった雪を庭の空き地に運び運動不足解消である。それにしても今年は雪が多い。その記録も兼ねて雪運びの合間にパノラマ写真を撮っておく。

2022年2月9日(水)

記事を読み　作品撮りて　30年後（みそとせご）

新聞の切り抜きをスキャナーで読み取り、セピア色になった切り抜きの方は捨てる作業を続けている。CGホログラム個展の記事が出てきたので、展示した複製ホログラムを並べて作成したパネルを取り出して撮影する。30年前の作品を改めて見る。

2022年2月10日(木)

珍しく　ヤマガラ飛び来　青き空

新聞の天気予報欄には全道的に晴れマークが並ぶ。庭で日の出を空撮する。朝食後に庭にヤマガラが来ているのを見つけて撮る。それにしても今冬は庭に野鳥がやって来ない。家の近くを歩いて見かけるのはスズメばかりで、撮る気分も高まらない。

2022年2月11日(金)
建国記念の日

爪句集 50集届き 感無量

昨日爪句集第50集が納品される。来週は爪句集第50集出版のオンライン祝賀会を予定していて、その講演のパワーポイントのスライド作り。今日は新型コロナワクチンの3回目の追加接種のため札幌市西区民センターまで家人と連れ立って出向く。

2022年2月13日(日)

無人機や　日々の訓練　離着陸

日の出が見られないなか日課のドローンによる空撮を行う。ドローンは積雪面から飛ばすのが難しいので金属円板をヘリポートに利用している。この円板内に着陸させる技の向上に努める。石狩市民図書館から追加寄贈の爪句集写真が送られてくる。

2022年2月15日(火)

切手では　文字の潰（つぶ）れて　月と鳥

札幌市西区主催のフォトコンテスト審査員特別賞の写真をオリジナル切手で注文していたものがシートで届く。写真には小さく文字も入れた。切手では小さ過ぎて拡大写真に撮っても判別不能で失敗である。ブログ記事に書けたので良しとする。

2022年2月18日(金)

一夜明け　記念写真や　日の出空

昨夕の爪句集全50巻のオンライン出版記念会の画像が参加者のB君から届く。講師に頼んだ方々のパワーポイントのタイトルと顔が並んでいるので、これを今朝の日の出の空撮写真に貼り付ける。複数の画像を1枚の写真にまとめられ便利である。

2022年2月19日(土)

女子パワー　連日溢れ　五輪かな

朝刊にカーリングのロコ・ソラーレの決勝進出の記事。あす英国との決勝で、これはテレビ観戦をしなくては。女子追い抜きは決勝で高木菜那が転倒で敗れても銀で立派なものである。女子1000mで高木美帆が金、女子フィギュア坂本花織が銅である。

2022年2月20日(日)

テレビ視る　北京五輪も　終わりなり

全17日間の北京冬季オリンピックは今日が最終日。最終日に女子カーリングの決勝が行われ、日本のロコ・ソラーレは英国に敗れて銀メダルとなる。フィギュアスケートのエキシビションを視る。マスコットのビンドゥンドゥンも滑る。夜の閉会式を視る。

2022年2月21日(月)

荒天を　上手く写せず　パノラマ撮

　発達した低気圧が北海道付近にあり全道的に荒れた天気で、JRは全線止まる。午前中雪かき。午後も窓の外を見ると時折雪が舞ってホワイトアウト状態。この天候を記録しておこうと自宅前でパノラマ写真撮影をするけれど荒天の様子を写せない。

2022年2月25日（金）

大国の　無理が通りて　国際秩序（ちつじょ）消え

　ロシアのウクライナ侵攻が朝刊第１面に大きく報じられる。自国の安全が脅かされているといった理屈をつけて主権国家を武力攻撃する野蛮な大国を隣国に持つのは不幸である。こんな国と北方領土問題の交渉は針の穴に駱駝を通すみたいなものだ。

2022年2月28日(月)

コロナ禍や　電話出演　ラジオかな

HBCラジオ番組の「多恵子の今夜もふたり言」の河原多恵子さんの電話インタビューを受ける。以前同番組に出演していてブログで検索してみる。2010年7月6日の記事が残っている。あれからもう11年以上経っているのがにわかに信じられない。

2022年3月1日(火)

CFや　目標達する　見栄支援

今日から3月。昨日終了したクラウドファンディング（CF）の終了間際の支援金の額は8万3千円で目標額の10万円に届かない。見栄を張って1万7千円を自分で支援して目標額に到達させる細工をする。自家製カレンダーもCF支援で制作している。

2022年3月3日(木)

束の間の　日の出を撮りて　雛祭り

久しぶりに朝焼けを見る。坂道を上ったところで日の出の空撮を行う。日の出と飛行するドローンを重ねて撮る。日の出は短時間で終わり、その後陽は雲に隠れる。雛祭りでいつものようにピアノの上に雛人形を並べる。これにドローンも加えて撮る。

2022年3月5日(土)

荒れ予報　カワラヒワ撮り　鳥果かな

　天気は下り坂で荒れる予報。風が強まらないうちに空撮を行う。雲でぼんやりした陽が写る。地上でこれはといった被写体がない中、庭にカワラヒワが来ていて、これをガラス戸越しに撮る。今年は野鳥の姿が少ない状況でカワラヒワが鳥果となる。

2022年3月8日(火)

締まり雪　硬さ今一　埋まりたり

久しぶりに日の出時刻に近くの林に出掛ける。雪の固まり具合が今一で、長靴で歩くと埋まる。日の出の景観を空撮。キツネが林の中を歩いている。枝が邪魔をして良く撮れない。帰宅して庭で野鳥を撮る。シメやツグミが暫くぶりに姿を見せる。

2022年3月10日(木)

震災日　日にち間違え　鳥果得る

テレビで東日本大震災が11年目を迎えるニュースを目にする。早とちりで今日は3月11日かと、三角山の日の登山の代わりに宮丘公園を歩く。高い場所で空撮を行う。帰り道にクマゲラやアカゲラを撮ることが出来、日にちを間違えて鳥果を得た。

2022年3月11日(金)

山頂は　我が姿のみ　鎮魂日

標高311mの三角山は3月11日がこの山の日で東日本大震災日と重なる。毎年この日は三角山に登り、大震災日以降は鎮魂登山を兼ねている。山頂に登山者の姿は無くドローンを飛ばし空撮を行う。登山の途中でクマゲラやアカゲラを見つけて撮る。

2022年3月12日(土)

積雪を　歩けぬ朝や　三千歩

近くの山林の積雪の上を歩きたかったのだが、積雪の締まり具合が緩く長靴では埋まる。日の出に合わせ空撮を行う。この後、陽は雲に隠れ雪となる。庭に来るカワラヒワやヒヨドリを撮る。天気予報では晴れになっていて、昼頃から陽が差してくる。

2022年3月14日(月)

野鳥撮り　空撮もして　1万歩

歯のケアのため歩いて歯科医院まで行く。途中ヒヨドリを撮る。予約時間に遅れないように撮影は適当に切り上げる。帰路は宮丘公園を選び途中で空撮。雪道が柔らかくなっていて、埋まらぬように注意して歩き疲れる。往復1万歩の散歩となる。

黒々と　アスファルト道　雪の壁

　今冬の大雪の名残が未だ残っている。道路はアスファルト面が顔を出しているのに道路脇に積雪の壁がある。西野川も排雪の雪が加わり雪で埋まっている。川の近くの雪で覆われた畑の上空から空撮を行い、地上の雪の壁の写真を貼り付ける。

2022年3月17日(木)

アマチュアの　無線の世界　超オタク

月１回のオンライン勉強会で、講師はメディア・マジックの里見英樹社長。テーマは同社で開発したバスロケ・システムで先日の札幌での大雪時の事例の紹介がある。里見氏は長らくアマチュア無線を行っていて、アマチュア無線の現状の解説がある。

2022年3月24日(木)

雪解けの　ぬかるみはまる　ロシアかな

朝刊第1面記事は「ウクライナ侵攻1カ月」で「プーチン氏苦戦封印」の見出し。テレビや新聞報道でロシアの強権政治が加速しているのを目にする。昨日はウクライナのゼレンスキー大統領がオンラインで日本の国会で演説するのをテレビで視た。

2022年3月25日(金)

戦禍の地　絵筆を武器に　国守る

日の出時刻に空撮を行うが朝日は直ぐに雲の中に入る。午前中録画してあったウクライナ情勢の特別番組を視る。ウクライナ人と結婚してドニプロに留まりイラストを投稿し続ける石田朝子さんの様子が放送された。絵筆が戦う武器になっている。

2022年3月26日(土)

市の重鎮　並びて誕生会や　蔓防明け

三橋教授の車で札幌を発ち、途中空撮を行い美唄の「ピパの湯ゆーりん館」に着く。同館で開催された尾北紀靖氏の誕生会に出席。同氏は美唄出身で廃校になった美唄西小学校や峰延小学校を購入し多額の寄付を行い、板東知文美唄市長も挨拶した。

2022年3月27日(日)

終日を　写真整理で　過ごしけり

昨日美唄市で撮影した写真の整理。尾北氏が購入した旧峰延小学校校舎前で空撮。氏の誕生会が行われた「ピパの湯ゆーりん館」の駐車場でも空撮。会の冒頭尾北氏の挨拶の様子をパノラマ写真に撮る。パノラマ写真は処理時間がかかるのが難点だ。

2022年3月28日(月)

廃線や　区間の駅を　眺めたり

道新朝刊第１面に「長万部―小樽廃線決定」の見出し。著者にとっては、新幹線が札幌まで延伸されてもほとんど乗る事はない反面、一日散歩切符でこの区間の在来線に乗る機会を失う。元気なうちにまた乗っておこうかと沿線で撮った写真を眺める。

2022年3月30日(水)

CFや　開店休業　1カ月

講演の依頼があり、日にちはあるけれどスライド作りを始める。爪句集50巻の完成の話もするつもりで第50集出版に利用したクラウドファンディング(CF)の今日のHP画面を見る。公開CFプロジェクトは著者のものが終了してから新規のものが無い。

2022年3月31日(木)

役員に　女性も増えて　ダイバーシティ

コロナ禍で延び延びになっていたホテルでの朝食会に出席。講師はNTTドコモ北海道支社長本昌子氏で演題は「ダイバーシティ経営の重要性」である。ダイバーシティとは訳すれば多様性で、日本語にした方がわかり易い。政府が流した言葉のようだ。

2022年4月1日(金)

四月馬鹿　熊の足跡　偽装難

朝刊で時たま登る三角山で熊の襲撃事故があり、登山口が閉鎖された記事を見る。毎年エイプリルフールで家人を担いでいて、早朝近くの山林で空撮の際、熊の足跡を偽装し写真に撮る。しかし、本物の足跡にはほど遠く、家人に見せて騙せなかった。

2022年4月2日(土)

締まり雪　クマゲラ追っかけ　鳥果かな

家の近くの山林で日の出を狙い空撮。その後、締まり雪の上を長靴のつぼ足で歩く。クマゲラを見つけ追っかけで撮る。かなり近づいても逃げない野鳥なので撮り易い。笹薮の上に雪があり、自由に移動でき、木の葉が無いので野鳥撮影向きの季節だ。

2022年4月3日(日)

日の出見て　今朝の鳥果は　コゲラかな

日の出前に家を出て山林の少し開けた場所で日の出寸前にドローンを飛ばして空撮を行う。天気予報では全道的に晴れで良い天気を約束する日の出となる。その後近くの林でコゲラ、ヒヨドリ、リスを撮る。リスの動きが速くて上手く撮れなかった。

2022年4月4日(月)

不意に出る　朝日を撮りて　一日（ひ）の開始

朝5時前に家を出て近くの締まり雪の山林に行く。途中キツネに出遭い撮っても、薄暗く手振れ写真しか残らない。快晴の空で遠くの山の稜線から朝日が顔を出すのを待って空撮を行う。陽は見え出してから全体が現われるのに1分もかからない。

2022年4月5日(火)

ドローン上げ　俯瞰(ふかん)街並み　平和なり

朝刊でウクライナ・キーウ近郊でロシア軍が退いた後に多くのウクライナ市民の惨殺遺体があった記事を読む。その後近くの山林で日の出を空撮。平和な日本に生まれた幸運を感じる。コゲラ、フキノトウ、つぼ足歩きで膝上まで埋まった穴を撮る。

2022年4月6日(水)

腐れ雪　足を取られて　日の出撮り

　曇り空で日の出は期待できなかったけれど近くの山林に足を運ぶ。気温が高目で雪に埋まる。つぼ足で積雪の上を歩くのも最後になりそう。空撮に日の出がかすかに写る。弱い光で撮った野鳥はホオジロのようだ。庭にはスノードロップが顔を出す。

2022年4月7日(木)

鹿撮れず　鹿の食害　立木撮る

この１週間程は近くの山林で日の出の空撮を続ける。今朝も日の出を空撮してから小山を登る。遠くに一瞬鹿の姿を認めたけれど写真には撮れず。鹿に樹皮を食べられた立木が並んでいる。鳥果は無し。帰宅して庭の積雪から顔を出したナニワズを撮る。

2022年4月8日(金)

80歳(やそとせ)や　理系人間　絵に爪句

北大電子1期生の on line 同期会。若松倫夫君と著者が話題提供者になる。若松君は桜と桜の絵の描き方の話、筆者は爪句集50巻の出版の話。理系の人間なのに高齢になったら絵とか写真に凝り出している。ギャラリーからウクライナの話題が出る。

2022年4月9日(土)

冬去れば　花に移りて　ブログネタ

ブログのカウンターの数字が350000になって区切りの良い数字なので画像として記録しておく。この冬は大雪だったので庭の雪が未だ解けず残っているのが空撮写真に写っている。雪解け後に咲き出した福寿草、スノードロップ、ナニワズを撮る。

2022年4月11日(月)

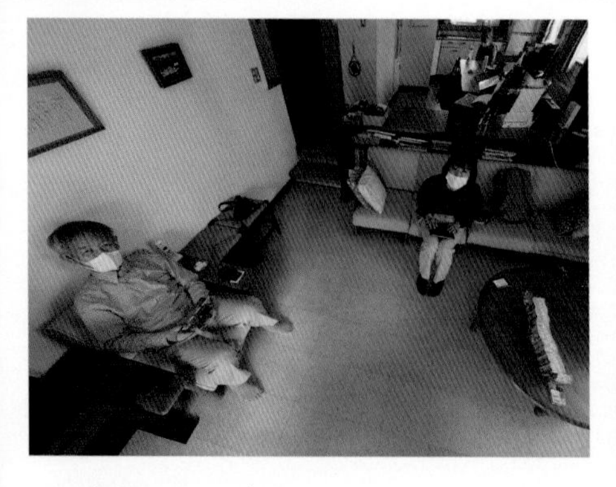

取材受け　小道具にして　ドローンかな

北海道新聞社の高田かすみ記者の取材を受ける。爪句集全50巻の完成に合わせた取材である。空撮写真の説明で、実際に室内でドローンを飛ばしパノラマ写真を撮る。取材用写真でもドローンを飛ばし、爪句集第50集を手に持っての撮影となる。

2022年4月14日(木)

ルリビタキ　予想せず撮り　大鳥果

5時前に急いで家を出て近くの林に向かう。途中空撮を行う。日の出は4時台に入ろうとしている。今朝の大鳥果はルリビタキである。頭部から背中にかけての瑠璃色が見事である。アカゲラはドラミング音がして見つけ易い。ゴジュウカラも撮る。

2022年4月19日(火)

空撮時　日の出アカゲラ　迷うかな

　散歩道の途中で日の出が始まる。まず輪郭のはっきりした状態の太陽を撮る。ドローンを上げて日の出を空撮しようとしている時、近くでドラミング音がしてアカゲラを見つける。太陽は雲に隠れる寸前で、アカゲラも逃げそうで撮影対象の選択に迷う。

2022年4月21日(木)

日の出撮り　上々鳥果　辛夷花(こぶし)

輪郭のはっきりした日の出を空撮し、空撮後林の中で野鳥撮影にも期待が持てそうな気分になる。いつもの枯れ木にアカゲラがいる。採餌というよりドラミング音を響かせるのが目的のようだ。音を控えたコゲラがいる。ルリビタキも鳥果に加わる。

2022年4月24日(日)

空撮 2022・4・24

痛恨は　社名のバグの　取り損ね

ブログ記事（2021・6・18）を見た「通りすがり」の方からHTB（北海道テレビ）関口尚之社長、同社アナウンサーの磯田彩実さんとあるのはTVh（テレビ北海道）の間違いとの指摘。ブログの方は直ぐ訂正できたが、爪句集は訂正できず気落ちする。

2022年4月26日(火)

昇る陽を　撮り捉まえて　森の道

西野市民の森の散策路で日の出を空撮しようと4時過ぎに家を出る。途中鹿の群れに出遭う。日の出時刻は4時40分頃になっている。空撮後散策路で辛夷、エゾエンゴサク、エンレイソウを観賞する。木の上で動きの早いゴジュウカラをどうにか撮る。

2022年4月27日(水)

初乗りの　自転車で行く　花見かな

昨日手入れした自転車で琴似発寒川沿いのサイクリングロードに行く。曇り空で日の出は見られず。川沿いの道に植えられた桜が見ごろである。早朝でほとんど人影がないところでドローンを上げて空撮。雪解け水で流れが急なところにカモがいた。

2022年4月28日(木)

桜花(おうか)見て　西野緑道　撮るアカゲラ

日の出前に自転車で発寒河畔公園まで行く。琴似発寒川に迫る山裾の陰になって日の出は100mを超す高さにドローンを上げなければ撮影できない。風が強くて空撮が困難。西野緑道を通って帰宅途中、緑道でアカゲラを見る。異なる個体を撮影する。

2022年5月1日(日)

オオマシコ　大鳥果なり　五月入り

　早朝散歩は西野市民の森の散策路から宮丘公園に抜けるコースを選ぶ。カワラヒワ、ゴジュウカラと思われる野鳥にオオマシコの雌に出遭う。オオマシコとは大鳥果である。宮丘公園内の空撮写真に今日の鳥果を貼る。桜は葉桜に移行し始めている。

2022年5月4日(水)
みどりの日

みどりの日　桜 新緑　近場撮り

　みどりの日の祝日。朝は小雨で、晴れた昼近くに散歩。連休でもどこにも出掛けず。近場で桜の写真を撮る。ヒヨドリが桜の蜜を食べている。近くの果樹園で空撮を行う。新緑が桜と組み合わさってみどりの日にふさわしい春の景観を呈している。

2022年5月5日(木)
こどもの日

空撮で　記念撮影　こどもの日

こどもの日の祝日にA市から娘一家が車でやって来る。庭でドローンを飛ばし記念撮影。ドローンの高度が少々高すぎて集合写真の撮影には適していなかった。庭の山桜は葉桜になり八重桜は未だ蕾で、花壇の花もこれからで殺風景な写真となる。

2022年5月6日(金)

景観に　鳥花揃えて　組み写真

今朝のように遠くに靄がかった空では予兆無しで急に陽が現われる。その瞬間にドローンを飛ばして空撮するのが難しい。日の出の景観を撮影後、森の道でエゾムシクイかと思われる野鳥やハシブトガラを撮る。ヒメイチゲも加え三点セットが揃う。

2022年5月9日(月)

世界史の　節目感じて　散策路

いつもの年なら気にも留めないロシアの戦勝記念日。ロシアのウクライナ侵攻後の世界がどうなるか、侵略者プーチン大統領のこの日の演説が気になる。日の出を空撮後、西野市民の森を散策。リス、シジュウカラ、ヒヨドリ、クルマバソウを撮る。

2022年5月10日(火)

森の道　草花木花　写楽かな

新聞の天気予報欄には全道に晴れマークが並ぶ。サクランボ果樹園の近くで日の出を空撮する。その後西野市民の森の散策路を歩く。ヒトリシズカが朝日を浴びている。川岸でシラネアオイを見つける。エンレイソウを撮る。カラスの傍の木花は不明である。

2022年5月11日(水)

咲き出すや　ルイヨウボタン　講習日

良い天気の朝空撮を行ってからさくらんぼ園から森の道を歩く。ルイヨウボタンの花が咲き出している。今日は運転免許証更新のための高齢者講習日で、咲き始めた野の花が応援しているように思える。キツネも居て頑張れと言っているようである。

2022年5月12日(木)

白き尻　遠ざかり行き　鹿の群れ

　庭で日の出を空撮後散歩に出掛ける。散歩道に鹿が現われる。全部で4頭いる。早朝の暗いうちから住宅地に出没して庭の草花や畑の作物を食べるようだ。我が家の菜園も昨年鹿の食害があった。昨日見たキツネに出遭う。スゲの花が咲き出した。

2022年5月14日(土)

ブログ繰(く)り　花の変化を　確かめる

毎年同じ山道を歩いていると山野草や木花のある場所が頭に入っている。サルメンエビネの蕾がエンレイソウの実の近くで膨らんできた。5月末には花が見られるだろう。ニワトコの白い花が咲いている。昨年の例では7月の下旬には赤い実となる。

2022年5月15日(日)

空撮を　諦め俯瞰（ふかん）　芝桜

朝JRで旭川に出てレンタカーで滝上町に行く。お目当ては芝ざくらまつりだ。同道はF工業のF氏とY氏、東京からのW氏である。道内に住んでいながらこの景観を見るのは初めて。斜面に広がる花の絨毯は見事である一方、空撮できず心残りだ。

2022年5月17日(火)

1万歩　歩いて出遭う　サル、鹿、鳥

宮丘公園の入口近くで日の出を空撮。日の出時刻は4時13分頃である。空撮後公園から西野市民の森に抜ける。鹿やリスを見かける。サルメンエビネの花が咲き出した。ルイヨウショウマの白い花も目に留まる。微かな音を追ってコゲラを見つける。

2022年5月18日(水)

陽は昇り　月は沈みて　東西（ひがしにし）

日の出時刻が4時10分に近づいている。自宅から少し離れた場所で日の出を撮影しようとすると4時前には家を出る必要がある。東の空に昇る陽を撮ると西の空に沈む月が写る。撮影後は山道を歩きマムシグサ、ルイヨウボタン、ヒヨドリを撮る。

2022年5月19日(木)

開店を　待ちきれぬ客　リラ祭り

雲で日の出が見られず陽がかなり高くなったところで空撮。ホテルでの朝食会に出席する。帰宅時に大通公園で3年ぶりに開催中の「さっぽろライラックまつり」の会場を歩く。並んだ出店は開店前の準備に追われている。ライラックは見ごろだ。

2022年5月25日(水)

晴れてれば　朝寝出来ずに　日の出撮り

中の川の川岸で日の出の空撮。日の出時刻は4時7分頃になっていて3時40分頃には家を出る。空撮後宮丘公園から西野市民の森を通り帰宅。途中リスを見る。帰宅後庭でライラック、ツツジ、デージーの花の中央に止まっているベニシジミを撮る。

2022年5月26日(木)

山陰で　見えぬ日の出や　時計見る

日の出を撮るため自転車で琴似発寒川河畔公園まで行く。木橋の「やまっこばし」で空撮。川の南側に山裾が迫っていて高度100mぐらいまでドローンを上げて日の出を捉まえる。帰りは白樺並木の西野緑道を通りトチノキのローソク状の花を見る。

2022年5月28日(土)

雲海を　横からみたり　大都会

遠景の低いところに雲の層があり、層を突き出して山並みが見える。庭で空撮を行ってみると、かなりの範囲に帯状になった雲の層があるのがわかる。空撮後宮丘公園を散歩。ホオジロ、マムシグサ、ニセアカシアの花、ポピーを撮り空撮写真に貼る。

2022年5月30日(月)

早出でも　機体間違え　帰宅撮り

3時半に起床して自転車で西野川の上流に向かう。日の出時刻になってドローンを取り出すとmini 2の機体と送信機が異なっている。昨日2機のmini 2に機体登録番号を貼り付けた時、ケースに入れ間違えた。急ぎ帰宅し、自宅庭で空撮し庭の花を貼る。

2022年6月2日(木)

散策路　一株咲いて　一薬草

朝寝過ごして日の出を逃す。曇り空の下、宮丘公園を散歩する。腎葉一薬草が一株咲いているのを見つける。以前はこの辺りに群生していたのに姿を消しそうである。住宅街でベニバナトチノキ、ヤマボウシを見つける。庭でドウダンツツジを撮る。

2022年6月3日(金)

めかし込む　猫の散歩や　曇り空

曇り空の下、果樹園を突き抜けて散歩、途中で空撮。山道でこれはといった被写体に出遭わず。遠目に犬の散歩かと思っているとコンクリート塀の上に飛び上る。望遠で写すと猫である。アンテナの上のヒヨドリ、水槽の錦鯉、歩道のスミレを撮る。

2022年6月4日(土)

灰色を　鳥と景色に　塗り重ね

朝の散歩時に野鳥を撮る機会がめっきり減った。鳴き声がしても野鳥は木葉に姿を隠している。たまたま葉の無い枝にいても背景が空だと暗く写る。今朝の野鳥は色がはっきりしないけれどヤマガラだろう。ギンラン、マムシグサ、ニセアカシアを撮る。

2022年6月5日(日)

山道に　隠れて咲いて　コケイラン

久しぶりに西野市民の森の251峰のルートを早朝に歩く。途中コケイランを見つける。今年になって初めて目にする。暗いのでフラッシュ撮影となる。エンレイソウもヒトリシズカも花は実になっている。道の途中空撮を行うと圧倒的な緑が広がる。

2022年6月7日(火)

カナダから　訃報届きて　同期生

北大電子の同期生高谷邦夫君の訃報が届く。カナダ・サスカッツーンにあるサスカッチワン大学の教授だった頃、同大学を訪問し、一緒にカナディアン・ロッキーのドライブ旅行に行った思い出がある。爪句集にも同君の写真を載せている。ご冥福を祈る。

2022年6月8日(水)

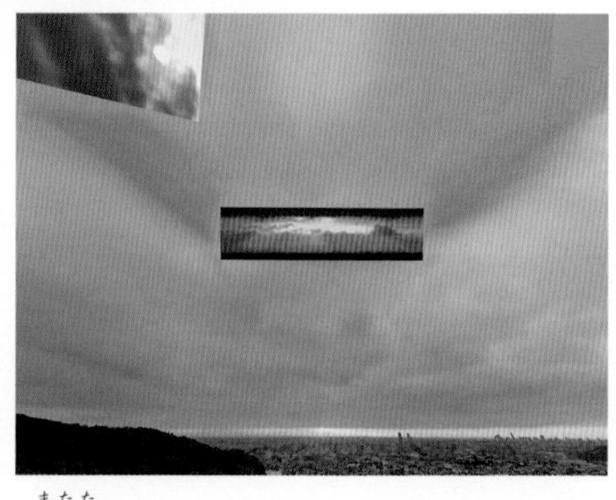

瞬(またた)く間　天地の隙間　陽の通過

厚い雲が大地と空の間に細い隙間を作っている。この隙間に1分間ほど日の出が見られる。その1分間の日の出の空撮に失敗する。空撮後この明るい隙間を地上で撮る。モエレ山が朝日の中に見える。陽が高くなり、雲を通して見る陽は月に見える。

2022年6月9日(木)

日の出撮り　山道行けば　キツネの眼

朝3時台に入っている日の出を待ち構えて空撮する。その後西野市民の森の散策路を歩く。遠くにキツネを見かけた他は野鳥も撮れず木花、草花を撮る。白い木花はウツギのようである。野イチゴの花に加え、道端に白いフランスギクが群れて咲いている。

2022年6月10日(金)

早起きを　競うや我と　ハクセキレイ

今朝は晴れていたけれど、地平に雲が棚引いていて、輪郭のはっきりした日の出の空撮写真は得られなかった。空撮後日課の散歩で中の川でハクセキレイを撮る。宮丘公園を登り、西野市民の森に抜ける。クルマバソウ、ヒナゲシを撮って帰宅する。

2022年6月12日(日)

50キロ　熊に負けじと　上級者

日の出時刻は曇りで雨模様だったので、早朝散歩に行かず。午前中天気が回復したので西野西公園に足を延ばす。山岳マラソン「Sapporoテイネトレイル」の看板があり参加者が走っている。木の枝でラジオが鳴っていて、札には熊への対策と書かれていた。

2022年6月13日(月)

空撮に　貼り込む写真　揃えたり

日の出の見られない朝、果樹園からの山道を散歩する。空撮した直後に鹿の姿を見る。4頭いたけれど逃げて行く姿を上手く写せず。珍しく野鳥が撮れ、ハシブトガラのようだ。オオハナウドやヒヨドリを撮り、空撮写真に貼る被写体を揃えてみた。

2022年6月14日(火)

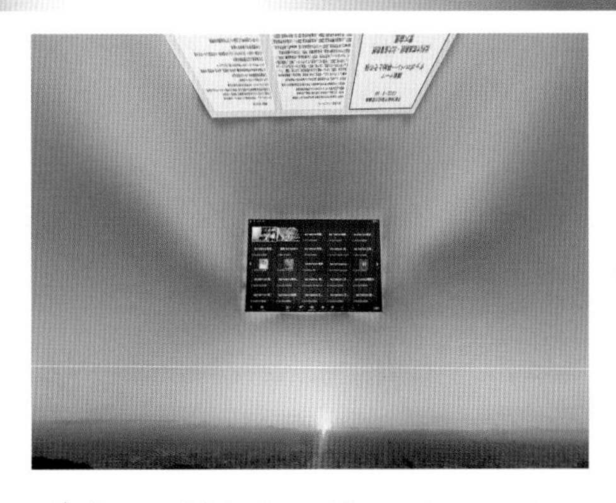

学生は　顔を見せずに　オンライン

庭で日の出を空撮する。地平に雲があり、日の出が見えたのは4時を少し過ぎた時刻だった。夕方京都大学院大学の学生にオンライン講義を行う。講義題目は「サッポロバレー事始とその後」である。世話役はメディア・マジックの里見社長である。

2022年6月15日(水)

道端に　コバノイラクサ　地味な花

日の出を待って庭で空撮、その後森の道を散歩する。ルイヨウボタンが緑実に変化している。穂状の花はコバノイラクサのようだ。草の根元に泡が見えるけれど、何か昆虫の卵のようである。オオハナウドの白い花は薄暗い森の中でも明るく見えている。

2022年6月17日(金)

構内に　SL置かれ　鉄研大

霧の朝庭で空撮。昨夕矢野友宏氏から「道外禁止」列車を核にしたプロジェクトの話があり、聴講者の西南交通大学准教授の侯進さんから自校が中国では一番の鉄道研究の大学であるとの紹介。2018年11月同大学訪問時に構内展示のSLを撮っている。

2022年6月18日(土)

見つけたり　フタリシズカや　花茎（くき）並ぶ

日の出空撮後西野市民の森を歩く。夜雨が降って草花に雨滴が残っている。花茎が二本の名前の通りのフタリシズカを探して視線を地面に這わせる。見つけた一株は花穂に白い粒の花が並んでいる。コバノイラクサと思われる花も花穂に花が並ぶ。

2022年6月19日(日)

アオサギの　追っかけ行い　中の川

曇り空で日の出は見られず。今日の散歩は宮丘公園コースを選び途中空撮。公園からの帰路で中の川でアオサギを見つける。大都会の小川に姿を現すのは餌になる小魚がいるせいだろう。近づくと飛んで逃げるアオサギの追っかけを行い幾枚か写真を撮る。

2022年6月22日(水)

雌鹿逃げ　雄鹿こちらを　睨むかな

今日から日毎に昼間が短くなっていく。自宅庭で日の出を空撮後、西野市民の森を散歩。鹿と遭遇する。雌鹿は背後から近づくとしばらく気が付かず、こちらを見て勢いよく逃げる。雄鹿は人間に動じる様子もない。フラッシュで撮影すると両眼が光る。

2022年6月27日(月)

近寄る蚊　両手プロポで　刺されたり

曇り空で日の出は撮影できず。早朝散歩は昨日と同じく西野川沿いを西野西公園まで歩く。陽が出てきたので空撮を行う。空撮中は送信機（プロポ）を両手に持っていて近寄る蚊を追い払えない。ハクセキレイ、オオカワトンボ、飛ぶスズメを撮る。

2022年7月1日(金)

文月や　暦(こよみ)めくりて　我が作品

今日から７月。本州各地では猛暑日が続いていても札幌は涼しい。日の出の空撮写真に、暦をめくって７月にしたものを貼り付ける。札幌市西区発行の暦には優秀作品に選ばれた自分の写真が採用されている。自家製暦は深山峠の空撮写真である。

2022年7月2日(土)

ポイントに　釣られ街に出　写真展

朝刊に6月30日に始まったマイナポイント付与にアクセスが集中し札幌市の窓口閉鎖の記事。妻のマイナンバーカードを作成する予約をしていたのでチカホの会場まで出向く。カード申請後ホテルのロビーで開催されていた浦河町の写真展を観る。

2022年7月5日(火)

ガスがかる　朝に散歩や　涼気吸う

　ガスがかった朝で早朝のひんやりした大気の中を散歩。モウズイカの花が咲いている。足元の蝶はセセリの仲間だろうか。中の川に番のカモがいて水中に頭を突っ込み採餌中である。今年は庭のテッセンが良く咲いている。散歩後に庭で空撮を行う。

2022年7月6日(水)

ぬっと出る　日の出撮る朝　涼しけれ

　雲により日の出が始まる予兆の光が遮られていると、太陽は急に現れる。眩しくない赤い円球が地平の空に浮かんでいる。空撮でその様子を撮る。空撮後の散歩でカリンズや名前の知らない白い花と赤い実を撮る。早々とコスモスが咲き出している。

慎重に　修理後機体　日の出撮る

墜落させ損傷したMini 2の修理完了で昨日取りに行く。修理後の機体を新規登録する。今朝の日の出時の空撮を行い動作の確認で高度150mの上空から撮影。空撮後の散歩でホザキナナカマドに来た蜂やパセリの花の上のアカスジカメムシを撮る。

土手道と　流れの中に　季節花

空撮後の散歩で中の川沿いを歩く。ノラニンジンの花が咲き出している。花の壺を連想させたり大輪の打ち上げ花火が広がったように咲いている。梅花藻も花が水面に顔を出していて、これからその数を増してゆくだろう。カモが流れに乗っている。

2022年7月15日(金)

ベランダで　日の出とモエレ山を撮り

　地平とその上空の雲のわずかな隙間に日の出が見えてくる。その陽になかなかピントが合わない。そうこうしている間に陽は雲に隠れる。ベランダからの撮影で、はるか彼方のモエレ山を写してみる。近くの家の屋根が邪魔になり構図が制限される。

我が著作　資料で残り　文書館（もんじょかん）

北海道立図書館に寄贈した本・資料のうち不適当と判断された3冊を取りに同館に出向く。爪句集50巻に加えて自費出版の都市秘境本、画文集、サッポロバレー本等15冊ほどと「μコンピュータの研究」や「いんふぉうえいぶ」の資料が寄贈となる。

2022年7月17日(日)

道々の　花を撮り撮り　雨上がり

天気予報は雨でも雨上がり。庭で空撮後散歩。ハマナスの花弁に雨粒が残っている。ユリの花弁にも雨粒があり、夜に雨が降ったようである。モウズイカの花には決まったように蜂が飛び回っている。焦げたような花弁のルドベキアは夏の花である。

2022年7月18日(月)
海の日

空撮や　霞む遠景　花散歩

雨が来そうな中、日課の散歩に出る。西野川沿いのアスファルトの道を歩く。アザミの花を見つける。アスパラガスの繁茂した枝に雨粒が乗っている。コスモスの花弁も雨粒で濡れている。インゲン豆の紅白の花の背後に、壁に描かれたフクロウが見える。

2022年7月20日(水)

逝く人や　如何に聞いたか　爪句の世界

道新朝刊第1面に土屋HD会長の土屋公三氏死去の記事が載る。土屋氏との接点は一度あり、札幌大通倫理法人会のモーニングセミナーで講演した時に土屋氏がおられた。2020年1月のことで「技術と文芸の融合を目指して－爪句の世界」を話した。

2022年7月21日(木)

古人類 研究武器や DNA

オンライン勉強会で講師は地球徘徊老の名和昌介氏。演題は「古人類趾巡礼　ヒトと神の交差点　レバント地方」でこの地方はネアンデルタール人とホモ・サピエンスが交雑した地と考えられている。この地を始め古人類趾を巡る名和氏の旅の紹介があった。

2022年7月24日(日)

曇り日に　キュウリもぎ取る　夏の朝

　庭の小さな畑にキュウリ、ズッキーニ、トマト等々を植え収穫を楽しんでいる。今朝は真っすぐに伸びたキュウリ2本をもぎ取る。ズッキーニはもう10本ほどを取っただろうか。散歩道では大きくなっているトウキビや未だ青い栗の実が目に入り撮る。

2022年7月26日(火)

野鳥撮り　カラスも加え　曇り空

久しぶりに宮丘公園を朝の散歩コースに選ぶ。夏場は花が乏しくハエドクソウやモウズイカを見かける程度である。アカゲラやゴジュウカラを撮る。ついでにカラスを撮ると公園に接する住宅街が写る。空撮写真には曇り空の下の西野の街が見える。

2022年7月29日(金)

ホオジロの　鳴き声経（きょう）で　墓参かな

今朝、お盆の墓参りを前倒しで行ってくる。自宅庭に咲く桔梗とヒオウギズイセンを持って行き供える。霊園の木にホオジロが一羽止まっていて盛んに鳴いている。早朝で広い霊園に人影は無く野鳥の声のみが渡っていく。帰宅してから朝食となる。

2022年7月30日(土)

鳥果得て　名前知りたく　幼鳥(おさなどり)

輪郭のはっきりしない日の出を空撮後、さくらんぼ山を探鳥散歩。幼鳥と思われる鳥を撮る。図鑑で調べるとコサメビタキかノビタキの幼鳥に似ている。親鳥が見つからないので確信が持てず。セミの声がする。木の幹や葉にエゾアカゼミを見つけて撮る。

2022年7月31日(日)

貸切の　観鳥広場　野鳥撮る

今朝はきれいな日の出が見られず、さくらんぼ山で空撮を行う。小型の野鳥が飛び回っていて、コサメビタキの幼鳥らしい。コゲラは木の幹で採餌で、見つけると撮影し易い。遠くの鳥影を撮り拡大するとヤマガラのようだ。セミの声が大きく聞こえる。

2022年8月1日(月)

月変わり　葉月の鳥果　イカルかな

　地平と上空の間に狭い雲の切れ間がある。ここに昇って来て短時間で通過する日の出を待って望遠撮影と空撮を行う。空撮後日課の探鳥散歩。あまり目にしないイカルが撮影できた。アカゲラが2羽並んだところを撮る。シジュウカラも仲間入りだ。

2022年8月3日(水)

鳥果無く　散歩終わりに　スイカ撮る

本州各地で猛暑日が伝えられている。札幌では日中で真夏日に届くかどうかで、朝のうちは涼しい。涼しいうちに日課の散歩で今朝は宮丘公園を歩き約6千歩。これといった鳥果は無し。庭のスイカが2玉大きくなってきていてこれは予想外である。

2022年8月4日(木)

コロナ禍や　足遠のいて　ビアガーデン

　日の出時刻に筋状の雲の切れ間が少し明るくなっただけで陽の姿が捉えられない。散歩時にスズメを撮ったぐらいで鳥果無し。更新免許証受取りのため街に出る。夏祭りのビアガーデンの会場を通り抜けていく。開店は正午からで客の姿は無かった。

2022年8月6日(土)

ひまわりの　迷路も助っ人　花観光

朝札幌を三橋教授の車で出発し北竜町ひまわり畑で写真撮影。空撮パノラマ写真は風が強くドローンの高度を上げた空撮は失敗続き。かろうじて残った空撮写真にひまわり畑に作られた迷路が写る。高度が低く斜め方向からで迷路図形がはっきりせず。

2022年8月7日(日)

長き首　日暈(ひがさ)重なり　クビナガリュウ

昨日訪れた小平ダムの人造湖「おびらしべ湖」の下流にダム公園がある。公園にはこの地で化石が見つかった全長15mにも及ぶクビナガリュウの等身大の造形が置かれている。パノラマ写真を撮るとクビナガリュウの背後に微かなハロが写る。

2022年8月8日(月)

朝日(ひ)の代わり　何に遭えるか　散歩道

　ガラス戸に鳥がぶつかったようで、外を見るとヤマバトが鉄製の柵に止まっている。衝突音の主はこの鳥らしい。山道にリスが現われる。動きが速くてリスにフォーカスを合わせられない。シジュウカラを撮る。散歩道に百日紅の花が咲いている。

2022年8月10日(水)

暗き朝　涼しきうちに　散歩かな

朝は空全体が厚い雲で覆われている。散歩道で飛んでいるヒヨドリが目に入っても撮影は難しい。ノラニンジンの花の中にカンタンが休んでいる。ノラニンジンは白一色かと思っていたら花の一部がピンク色のものがある。ヒルガオやススキを撮る。

2022年8月11日(木)
山の日

山の日に　ご来光撮り　人気山

暦に「山の日」とあり祝日。天気も良さそうなので三角山でご来光の空撮を行おうと暗いうちに登り始める。標高311mの山に40分かけて登頂し、日の出に間に合う。札幌市民には人気の山で早朝にもかかわらず登山者と行き違い山頂でも挨拶する。

2022年8月13日(土)

クズの花　蝶蜂撮りて　盆の入り

　盆の入りは晴れる。日の出の空撮後早朝散歩。クズの花が咲き出した。ヒカゲチョウが笹の葉で休んでいる。甘い果汁を出すプラムにスズメバチが群がっていてちょっと怖い。待宵草の黄色が鮮やかである。昨夜は満月だったが、月を見ていない。

2022年8月15日(月)

束の間の　朝焼け撮りて　終戦日

　日の出前の朝焼けで空が燃えているかのようだ。朝焼けはごく短時間で色が褪せる。急いで空撮するけれど望遠で撮った赤色にはならない。空撮後爪句集の寄贈本をポストに投函する。帰り道アサガオや花粉まみれの蜂が休んでいるカボチャの花を撮る。

2022年8月18日(木)

朝焼けに　見合う鳥果や　コゲラかな

見事な朝焼け空が広がっている。この朝焼け空に貼り付ける被写体を求めて散歩に出る。野鳥の姿が無く仕方なくカラスを撮る。ミズヒキの花を撮る。ハナグモがノラニンジンの上にいる。散歩の最後にコゲラが現われ朝焼けに見合う鳥果となる。

2022年8月19日(金)

寄贈本　写真届きて　俳句(8・19)の日

風の強い朝でドローンが流され空撮に難儀する。美唄市図書館から寄贈爪句集の写真が届く。尾北紀靖氏が美唄市の閉校小学校を購入して同市に貢献し、同氏の誕生会（2022・3・26）が行われた時、美唄市長に三橋教授が寄贈した全50巻である。

2022年8月20日(土)

芝ざくら　陽の無い空に　貼りてみる

　時折の雨を避け庭で空撮。散歩に出掛けず、来年の空撮景観カレンダーのデータ整理。5月に訪れた滝上町の芝ざくらまつりのパノラマ写真をカレンダー写真の候補に選ぶ。空撮写真ではないのでどうしたものかと考え、陽のない空に貼ってみる。

2022年8月21日(日)

重量を　期待で計る　スイカかな

日の出時刻から好天気。空撮写真に昨日収穫したスイカ2個の写真を貼る。重量を計測すると3.8Kgと3.4Kgである。早速1個を割り食べてみる。取り立てだと水分が多く、みずみずしい。甘さもそれなりだ。散歩時にキジバト、シオヤトンボを撮る。

2022年8月23日(火)

オンライン　手品披露や　同期会

オンラインで北大電子1期生の有志の同期会。今回のメインゲストはK君で手品の披露となる。オンラインでの手品は手もとが隠れてよくわからないところがある。その他の参加者は近況報告である。当方来年のカレンダー出版とマイナポイント取得の話をする。

2022 年 8 月 24 日(水)

田んぼ中　稲で描く絵に　秋の色

旭川駅で北大電子同期生の齋藤清君の車に乗り込み東鷹栖で行われている「田んぼアート」の写真を撮りに行く。今年は旭川市制 100 年であるのが稲穂によるデザインでわかる。元旭川高専教授の齋藤君の仲介で同高専に寄贈した爪句集の写真も撮る。

2022年8月26日(金)

リス出(い)でて　ラジオ体操　中止かな

雨の降りそうな曇り空の朝、家の近くを散歩する。野鳥の姿がないのでサギソウを鳥果の代わりにする。庭のホオズキやコスモスに秋の気配を感じる。ガラス戸に向かってラジオ体操をしていると庭の木にリスを見かけ、体操中止で急いで撮る。

2022年9月1日(木)

見てみたき　鳥眼レンズ　写真かな

今日から9月。曇り空で低いところまで雲が垂れ込めている。雲の中を歩く感じの散歩となる。野鳥は期待していなかったのに何種類か撮影できた。シジュウカラ、ヤマガラ、アカゲラがいる。身体に比して目玉の大きいのはサメビタキと判定する。

2022年9月2日(金)

仔鹿出て　我に祝いか　誕生日

　早朝散歩の途中で鹿に出遭う。仔鹿のようで一頭で行動している。道端にテングダケを見つける。スズメがよく止まっているクサフジウツギが花盛りである。今日満81歳になる。誕生日祝いでケーキが届く。食欲は減退気味でもケーキは美味しい。

2022年9月3日(土)

鱗雲(うろこぐも)　カメラを向ける　寒さかな

日の出はどんどん遅くなって、日の出時刻は5時台に戻っている。明るくなった空を見上げると鱗雲が現われている。気温も低く秋である。道でキジバトが餌探しである。番のようなヒマワリが伸びて咲いている。カタツムリが地面を這っていた。

2022年9月5日(月)

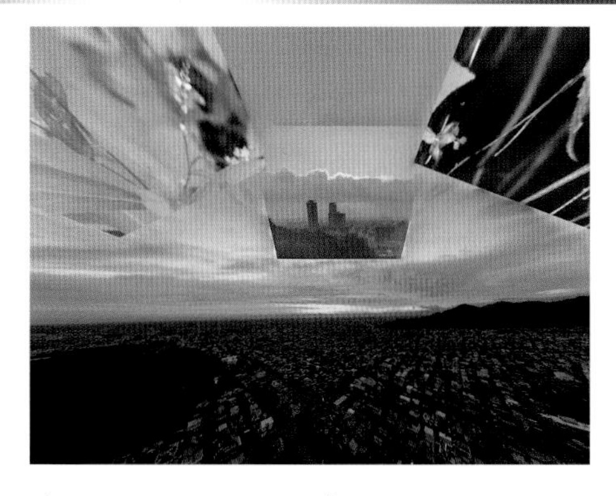

朝焼けや　ブログ書く頃　雨になり

天気予報では曇り後雨で天気は下り坂。このような時には朝焼けが期待でき、日の出前の東空の雲が赤く染まっている。空撮後散歩に出掛け日の出を撮ろうとするけれど、結局太陽は雲に隠れたまま。道々でツリバナ、イヌタデ、キジバトを撮る。

2022年9月6日(火)

一夏の　カボチャの成果　記念撮

日の出の見られない風の強い朝である。今年はカボチャが2個取れる。大きな1個はもぎ取り小さなものは残しておく。ドローンと並べて記念撮影。カボチャを膝に乗せドローンで自撮りを試みる。ドローンが風でふらついていて撮影に手こずる。

2022年9月7日(水)

若くして　逝く人のあり　台風過

似鳥寧信君の訃報が届く。旧ビー・ユー・ジー社創業時から幹部として同社を支えた。手もとにある似鳥君の写真を探すと「トランジスタ技術」誌や「カムイミンタラ」誌に掲載されている。故服部裕之君の追悼カレンダーにも名前がある。合掌。

2022年9月8日(木)

主(あるじ)逝き　暦どうなる　無名会

道新朝刊に石黒氏の「偲ぶ会」の記事。来年度のカレンダー出版に関しCFの公開準備中で、石黒氏の主宰した「無名会」の名入れを見本にする予定。散歩は西野市民の森を選び、ルイヨウボタンの実を撮影。庭でミナヅキとヒョウモンチョウを撮る。

2022年9月10日(土)

名月は　都会夜景の　弾(はじ)け玉

今夜は中秋の名月である。月の入りを調べると午後6時13分で雲の無い空で月の出の空撮を試みる。満月が東の空に現れたところを撮影できた。手持ちのカメラで家の内から撮った写真を空撮写真の天空部分に貼る。望遠で撮ると橙色の月が写る。

2022年9月13日(火)

暦刷り　会期1年　写真展

来年の空撮パノラマカレンダー制作の資金集めのクラウドファンディングが公開された。都心部で画廊を借りて写真展を行う程度の出費でカレンダーが制作できれば、写真展に代えたカレンダーと思えばよい。印刷会社と制作打ち合わせ中である。

2022年9月15日(木)

偲ぶ会　勉強会をつなぐや　無名会

午後故石黒直文氏の「偲ぶ会」に出る。石黒氏が主宰した「無名会」で講演した鈴木直道知事の姿があった。夕刻「無名会」で面識を得たNTTドコモ北海道支社長本昌子氏のon-line eSRUの講義。「ダイバーシティ経営」を中心にしたお話である。

2022年9月17日(土)

三連休　秋の戸口を　探したり

　今朝は気分を変えしばらく散歩していなかった西野川沿いから西公園の山道を歩く。西野川の川沿いの道にはコスモスが植えられていて、今年は風で傾くものが多く見劣りする。山道でアキノキリンソウやキノコを撮る。庭のシモバシラが咲き出す。

2022年9月18日(日)

散歩道　栗を拾いて　物価高

下り坂の天気を表すように朝焼けとなり庭で空撮。日の出の位置はかなり南方向に移動して来ている。散歩道のコスモスや実になったノラニンジンを撮る。アカスジカメムシの赤筋模様も枯葉色である。散歩道で栗を拾う。物価高の秋の到来である。

2022年9月21日(水)

寒き朝　野生の戻り　サクラマス

朝はめっきり寒くなりダウンを着て散歩に出掛ける。帰り道で中の川に何げなく目をやるとサクラマスがいる。産卵のため遡上してきてヤマメの雄も並んで見える。昨年は見ていないのでこれは嬉しい発見で、野生の後退が止まっている感じである。

2022年9月25日(日)

ホッチャレの　手前魚影や　我が身かな

全道的に良い天気。日の出空撮後に散歩に出掛ける。電線に止まったキジバトが朝日に赤く染まっている。道を這うカタツムリの殻が朝日で透き通ったように見える。川の中のサクラマスの下半身は白く変わりホッチャレの一歩手前で泳いでいる。

2022年9月27日(火)

瓢箪(ひょうたん)の　謎の解けたり　接ぎ木苗

昨日庭の畑で見つけた植えた覚えのない瓢箪の花の謎が解けた。瓢箪の枝の根元にスイカの葉が見える。瓢箪の台木に接ぎ木でスイカの苗が作られ、スイカの収穫後に瓢箪が成長したようだ。花後に瓢箪の小さな実が見える。ホオズキが赤くなってきた。

2022年9月28日(水)

山道(みち)を行き　草木の実撮り　秋戸口

朝の散歩で久しぶりに西野市民の森まで足を延ばして空撮。秋の入口で草木の実を撮る。クサギは赤い星形の萼の中央に紫の丸い実がある。エゾイヌガヤの実は楕円体で食用や果実酒に用いられるらしいが試した事はない。マムシグサの実が赤い。

2022年9月30日(金)

自分史に　刻みて日中　交流史

朝刊に日中国交正常化から50年目の節目で、両国の冷え切った関係の記事を見る。自分史的には1987年9月30日に国慶節に合わせて外国人専門家として北京に招待されて集合写真を撮っている。西区主催のフォトコンテスト入賞の賞状と賞品が届く。

2022年10月1日(土)

日の出撮り　今日から入る　神無月

　神無月の始まりに日の出を望遠で撮る。散歩道でリスやキツネを見かける。リスは動きが速くピントの合った写真が撮れない。キツネはかなり離れてこちらを窺っていて、写真に撮り易い。庭に瓢箪の花を見つける。夕方から朝方に咲く白い花である。

2022年10月2日(日)

スズメバチ　意外と遅き　起床かな

陽は雲の隙間から昇ってくる。JR タワーが日の出の横に見えている。この後雲が広がってきて空撮で陽の姿が撮れない。散歩道でシジュウカラを撮り損ねる。笹薮の中にスズメバチの巣を見つける。巣穴から次々と蜂が出てきて朝の目覚め時のようである。

2022年10月3日(月)

花を撮り　平和かみしめ　朝散歩

　ロシアによるウクライナ４州の併合問題や北朝鮮のミサイル発射、インドネシアのサッカー試合での125人もの死者の暴動事件と世界の騒がしさとは対比的な穏やかな朝。散歩道で日の出、アスファルトの隙間に伸びたコスモス、菊、アサガオを撮る。

2022年10月8日(土)

陽の無くも　秋を告げたり　庭の花

新聞の天気予報欄は晴れマークなのに日の出の光が無い。空撮写真も目を惹くものにならず。庭の花を撮り空撮写真の天空に貼り付ける。ユウゼンギクが群れて咲いている。フウロソウの花弁が透けて写る。ピンクや白の秋明菊が秋を告げている。

2022年10月9日(日)

頼まれて　爪句家元　句会かな

　雲の無い空に昇る日の出を撮るのが難しい。太陽と手前の景観のどこにピントを合わせるか迷っているうちに陽は昇り火の玉になってしまう。「札幌市もいわ地区センター」から爪句の講座を頼まれていてポスターの原稿が確認のため送られてくる。

2022年10月11日(火)

荒天の　去りて現る　アライグマ

散歩道で見慣れない動物と出くわす。最初は狸かと思ったけれど特徴のある縞の尻尾でアライグマとわかる。3匹いて親仔のようである。住宅街からあまり離れていない所に潜んで生活しているようだ。それにしても散歩道で出遭うのは初めてである。

2022年10月12日(水)

固まりて　敵を欺く　リスを撮る

（欺＝あざむ）

日の出は雲に隠れていたが好天日の始まりを庭で空撮。散歩道で今朝はリスを撮る。リスの動きが速くて上手く撮れないのが普通であるけれど、敵の目を欺くためかフリーズ状態に入っていて撮り易い時もある。そんな状態のリスを何枚か撮る。

2022年10月14日(金)

無名会　暦出版　迷うかな

道新に石黒直文氏の哀惜記事が載る。記事中石黒さんが主宰した「無名会」が出てくる。毎年無名会の名入れカレンダーを制作していて来年の出版に迷う。昨年の12月に筆者の瑞宝中綬章の最後の伝達者の役を石黒さんにお願いした。雪虫を撮る。

2022年10月17日(月)

リスの手に　クルミの実あり　秋の入り

朝の散歩の途中、野鳥か動物に出遭わないかと期待しても期待通りにはならない。鳥に似た枯枝を撮って野鳥撮影に代える。クルミを探してリスが地面に現れる。駆けていく姿は撮れず止まったのを狙って撮る。遠くなのでピントが甘い写真となる。

2022年10月21日(金)

思い出す　馬ロボットや　乗馬かな

昨夕はオンラインのｅシルクロード大学の勉強会。講師は高知工科大学教授の王碩玉先生で、先生の研究室で「少子高齢化社会に役立つロボットを目指して」各種ロボットの素晴らしい研究成果が披露された。中国で撮影された著者の懐しい写真もあった。

2022年10月22日(土)

寄贈本　絵本の館　配架かな

剣淵町絵本の館へ爪句集50巻と画文集4冊を寄贈本として送っておいた。その受領通知ハガキが届き今朝の日の出の空撮写真に記録として貼り付ける。散歩道ではリスがクルミを食べたり笹薮に隠したりで忙しそうである。黄紅葉が進行している。

2022年10月23日(日)

我が遅足　秋の速足（はやあし）　抜かれたり

朝食後に散歩に出掛ける。西野市民の森の散策路に出て宮丘公園を回るコースを選ぶ。途中空撮。空から俯瞰すると黄紅葉が急速に広がっているのがわかる。リスやカケスと思われる鳥を見かけたが撮影できず。羽を広げたアカゲラが撮影できた。

2022年10月24日(月)

来る冬に　遭える期待や　シマエナガ

NHKの「ダーウィンが来た」を欠かさず視ている。昨夜はシマエナガのSP番組だった。あの動きの速い小さな野鳥の動画をよく撮るものだと感心する。西野市民の森で撮影したシマエナガの写真を探し出す。他家の玄関風除室内のシマエナガも撮る。

2022年10月25日(火)

手稲山　冠雪見えて　日の出かな

　日の出前に家を出て空撮場所で日の出を待つ。今朝のように雲がないと日の出の兆候が空に現れず急に太陽が顔を出す。昇る太陽と競走するかのようにドローンを飛ばし日の出の空撮を行う。空撮写真に手稲山の冠雪が写る。帰り道でリスを撮る。

2022年10月26日(水)

TV真似　シマエナガ来て　大鳥果

天気の良い1日で午後も早朝散歩と同じ道を歩く。リスも野鳥も期待していなかったのにシマエナガに出遭う。3日前にNHKの「ダーウィンが来た」でシマエナガの特別番組がありこれは出来過ぎた偶然。今朝の日の出空撮写真に大鳥果写真を貼る。

2022年10月27日(木)

配架され　存在感や　爪句集

「古人類趾巡礼」の著者の名和昌介氏のブログに坂口尚の漫画本「石の花」が紹介されていて借りる事にする。共同文化社の展示会開催中の札幌市民交流プラザを待ち合わせ場所にして出向く。同じフロアの図書・情報館に配架の爪句集全巻を撮る。

2022年10月28日(金)

竈(かまど)あり　焼き立てピザや　野趣溢れ

今朝は日の出が見られなかったので朝食後さくらんぼ山に散歩に出掛ける。道沿いの林の中に竈があって人が作業している。声を掛けるとこの竈でピザを焼くとの事で妻も呼んで焼き上がったピザのご相伴に預かる。集まった面々とは初対面である。

2022年11月1日(火)

CFや　霜月入りて　一人旅

今日から11月で天気予報では終日曇り。北海道新聞のクラウドファンディングfind-Hの公開プロジェクトは筆者のものだけになる。昨日和寒町立図書館から爪句集50巻配架の通知、旭川藤星高校からは寄贈願いが届く。CF返礼品のカレンダーも届く。

2022年11月2日(水)

体不調　遠出妨げ　紅葉狩り(もみじがり)

最近は判を押したように庭か近くの山道で空撮を行っている。紅葉狩りに遠出する事も無くなり庭や家の付近の桜、楓、夏椿の紅葉写真を撮っている。体調が優れず最近は食欲不振に陥っているのも遠出を妨げている。齢なので身体の復調が遅く感じる。

2022年11月5日(土)

喪中葉書　故人探すや　爪句集

道新朝刊に公開中の爪句集出版と寄贈のクラウドファンディングの広告が出る。故恩田邦夫君のご家族から喪中葉書が届く。生前の同君が爪句集に載っていないか探し、第49集に写真があるのを見つけ出す。最近食欲がなく長生きの自信がない。

2022年11月6日(日)

鳥果無く　カラス見立てる　ドローンかな

散歩道で日の出の空撮を行うため未だ薄暗いうちに家を出る。日の出の始まる直前にドローンを上げ空撮開始。雲があり輪郭のはっきりした日の出が撮影できず。着陸寸前のドローンを日の出をバックに撮影。帰り道で終わりに近づいた紅葉を撮る。

2022年11月7日(月)

早起きは　我と鹿なり　日の出見る

日の出の時刻は6時20分頃になっている。その時刻の30分程前に家を出て日の出撮影場所まで歩く。太陽が現れる瞬間を望遠で撮ってからドローンを上げて空撮を行うので忙しい。撮影している自分もドローンで撮る。今朝は立派な角の雄鹿を見る。

2022年11月8日(火)

皆既食　赤銅色の　月を撮る

　今夜は皆既月食と天王星の惑星食が重なる日と新聞に紹介されていた。予報時刻に庭にカメラを設置して月食の写真を撮る。赤銅色の月が撮れた。惑星食の方は情報不足で撮影出来ず。皆既月食の空撮は月がはっきり写らず食の前の満月の月を撮る。

2022年11月9日(水)

平凡な　日の出景朝　野鳥撮る

昨夜の皆既月食の天体ショーを見た後では今朝の日の出は平凡な景観。朝食後家の近くを散歩する。楓の紅葉が見事である。久しぶりに野鳥を撮りシジュウカラである。カラスがクルミの実を地面から拾った。さて実をどのようにして割るのかな。

飛ぶドローン　止まるアカゲラ　今朝の写果

日の出が迫ると、地平線の上に棚引く雲を陽光が照らして見事である。日の出が始まるとドローンを飛ばし空撮にかかる。飛行するドローンと日の出を重ねて撮る。空撮後近くの木から音がしてアカゲラを見つける。逆光気味で鳥の赤色が消える。

2022年11月12日(土)

日の出時や　桜桃（おうとう）伐（き）られ　大気冷え

最近日の出を空撮している場所は勝手にさくらんぼ山と名付けている場所である。阿部さくらんぼ園のある場所なのでこの名前にしている。現在サクランボの木を伐採中で閉園準備中である。今年の7月27日の空撮写真と比べると様変わりである。

2022年11月13日(日)

予報では　荒れる天気や　陽の見えず

新聞の天気予報では曇り後風雨。日の出は期待できなかったが、いつものように空撮散歩に出る。東の空が少し赤く染まっただけで陽は現れず。風が強いのを気にしながら空撮。帰宅時にツツジの紅葉や歩道の縁で未だ花をつけているコスモスを撮る。

2022年11月14日(月)

霙(あられ)降り　暗号資産　荒れ模様

夜中から雨の荒れた天気で今朝は時折霙となる。日の出時刻の晴れ間を狙い空撮。ラジオが暗号資産交換大手のFTXトレーディングの破産ニュースを伝えている。ビットコインのこの1年の相場は1BTCが737万円から230万円で値下がりが激しい。

2022年11月15日(火)

蜂に似た　飛翔音させ　ドローンかな

　日の出時刻にドローンを飛ばし空撮を行う。着陸状態にあるドローンを上から撮る。ブレード(回転翼)が回転しているのが写る。道端に蜂の巣が落ちていて割ってみると中にスズメバチが死んでいる。蜂の飛び方はドローンの飛び方に似ている。

2022年11月16日(水)

干し柿に成る頃　菊の散りにけり

　寒い朝である。空撮場所まで行く道に霜が降りていて白くなっている。日の出の空撮を終え、帰宅する道々で霜を乗せた枯葉を撮る。ガレージ前に柿を吊るしている家がある。干し柿にするのだろう。札幌で干し柿作りは珍しい。菊の花も見ている。

2022年11月17日(木)

初雪や　冬の到来　身構える

陽の姿の無い曇り日の出時刻に庭の上空で空撮。道新の朝刊に昨日札幌市内で初雪観測の記事が載る。庭の切り株に初雪の痕跡が解けずに残っている。昨夕はオンラインの勉強会がありCFがテーマで、オンラインの様子を今朝の空撮写真に貼る。

2022年11月18日(金)

空腹感　湧かぬ身体(からだ)で　日の出撮る

今朝も勝手に名付けた阿部山まで足を運び空撮を行う。空撮より散歩で運動量を少しでも増やそうとするのが目的である。歩いても空腹感に欠け相変わらず食欲が無い。我が家の庭でホトトギスやマツムシソウを撮る。枯葉がそこら中に散っている。

2022年11月24日(木)

暦には　石黒語録　無名会

朝ホテルで朝食を摂りながら講師の話を聴く「無名会」を主宰してこられた石黒直文氏が8月に逝去された。今後「無名会」をどうするかの朝食会で「無名会点描」の講演を行う。「無名会」の2023年用名入れカレンダーを配り、会の様子を空撮する。

2022年11月27日(日)

寝て過ごす　時間増えたり　虹の橋

昨日の虹を撮影した他の人のブログでは虹が鮮やかに写っている。虹の空撮データがあるので彩度を上げて処理すると鮮やかさが増した。胃潰瘍の診断を受けた前後から、服を着ていても寝て過ごす時間が多くなり画像処理の時は起きているようにする。

2022年12月1日(木)

寄贈した　爪句と暦　空配架

朝起きると雪が積もっていて降雪が続く。午前中K胃腸科病院から紹介状をもらいI泌尿器科病院で検査。がんの疑い濃厚。比布町図書館から寄贈した爪句集とカレンダーの写真が送られてくる。中国の江沢民元国家主席の死亡記事が新聞に載る。

2022年12月3日(土)

活動は　縮小気味で　賀状かな

12月に入ると退職者でもそれなりに忙しくなる。年賀状を作成して宛名を印刷するのも年末恒例の仕事である。この1年を振り返った成果を賀状に印刷してみると活動が衰えているのに気付く。この時期喪中ハガキが届くけれどその数が増えている。

2022年12月4日(日)

病得て　本格探鳥　遠ざかり

　雪の積もった庭でドローンを飛ばし空撮を行う。雪景色が広がっている。家の近くを歩く。野鳥の餌台に来ているのはスズメばかりである。雪を乗せた木々の枝に野鳥がいないか探すけれど、鳥影は無い。本腰の探鳥散歩でないと鳥果が得られない。

2022年12月6日(火)

胃カメラは　大の苦手で　涙出る

　久しぶりに晴れた空の日の出を空撮する。午前中K胃腸科病院で大苦手の胃カメラ検査。待合室に苦痛の少ない鼻からの内視鏡検査の張り紙があっても口からの検査。水槽に付き人の家人が写る。サッカーは日本がクロアチアに惜敗のニュース。

2022年12月7日(水)

優駿の　イラストに添え　爪句かな

空撮を行いドイツトウヒの天辺にいるヒヨドリを別撮りして空撮写真に貼り付ける。新ひだか町図書館に爪句集50巻を寄贈し、その受け取り状が届く。手紙の封筒に「風かおる　優駿桜国　新ひだか」の一句がある。俳句というより爪句の雰囲気だ。

2022年12月10日(土)

宇宙港　暦に残り　大樹町

昨日、稲川貴大北科大客員准教授の学生向け講義をオンラインで視聴する。同氏は大樹町に本社がある民間ロケット打ち上げ会社インターステラテクノロジズ(IST)の社長である。以前同社の射場の空撮パノラマ写真をカレンダーにして同社に寄贈した。

2022年12月11日(日)

枯れ景や　色を探して　ナナカマド

　雲に隠れて日の出時刻になっても陽の姿はない。空撮写真には雪と枯れた景色が広がる。中の川の土手道を歩くと枯れたノラニンジンに雪が乗っているのが目に付く。色のあるものを探し道路沿いのナナカマドの赤い実を撮り空撮写真に貼り付ける。

2022年12月12日(月)

一日を　検査で終える　師走かな

朝雪が小降りになったところで庭で空撮を行う。白と鈍色の世界が広がっている。午前中から市立札幌病院泌尿器科での検査で午後も続く。手術が必要な雲行きで覚悟する。この齢まで手術のため入院した経験が無く気分は今朝の雪空のようである。

2022年12月14日(水)

フクロウを　関連づけて　ブログかな

　昨日の天気予報の暴風雪に反して穏やかな朝。市立病院での MRI 検査の予定。息子の嫁 K さんが西野神社のフクロウの健康お守りを届けてくれる。来年のカレンダーの「当別ふくろう湖」やブログ「ぜんまい仕掛け」の動画をフクロウで関連づける。

2022年12月15日(木)

大学の　研究生きて　電子音

本日のeSRUはヤマハ㈱研究開発統括部フェローの国本利文氏が講師で、同氏がヤマハで行ってきた電子楽器の開発の講義。大学時代に話が及びそのスライドが表示され懐かしい。北大修士の研究成果が電子情報通信学会論文誌に論文として採録された。

2022年12月16日(金)

爪句集　居場所見つけて　師走かな

新ひだか町図書館に寄贈した爪句集の配架された様子の写真が届く。わざわざA7判の豆本のサイズに合わせた本棚も作ってくれる。クリスマスカードが届いたので年賀状を外国に送る。ついでに国内宛ての年賀状も投函する。師走の一仕事が終わる。

2022年12月19日(月)

W杯の　熱気借りたく　CFかな

道新紙面にfind-HのCF広告が載る。現在公開中のCFは筆者のものだけである。広告が出ても支援者が新しく加わるのは期待できない。テレビでワールドカップ・カタールでアルゼンチンが優勝したニュースが流れる。メッシやエムバペが活躍した。

2022年 12月 20日(火)

生徒にも　句作奨めて　爪句かな

冬至が目前に迫り、日の出時刻はほぼ7時である。日の出の太陽は三角山の山裾から現れる。旭川藤星高等学校に寄贈していた爪句集が配架された様子の写真が届く。同校の生徒が著者となった爪句集出版のアイデアを同校の先生にメールで伝える。

2022年12月22日(木)

冬至日や　湯治とかけて　ゆず湯かな

　冬至の札幌の日の出は7時3分になっている。この時刻に日の出の空には雲があり、かなり遅れて陽が姿を現す。冬至に湯治を重ねてゆず湯が健康回復によいとゆず（柚子）が届けられる。食べるには美味しいそうでなく、香りを楽しむ果実だろう。

2022年12月24日(土)

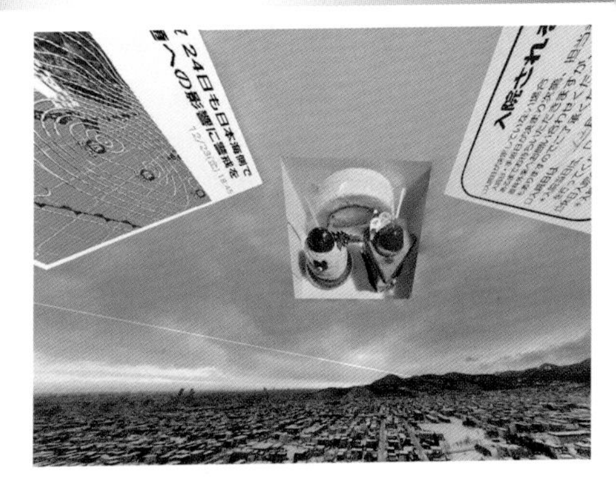

大雪や　入院準備　聖誕夜

クリスマス・イブで明日から入院で早めのケーキが届けられる。クリスマスは全国的に日本海側で大雪の予報となる。札幌は湿った雪で道路がグジャグジャである。入院中にブログの更新ができるように準備をしているが、上手くゆくかどうか懸念ありだ。

2022年12月29日(木)

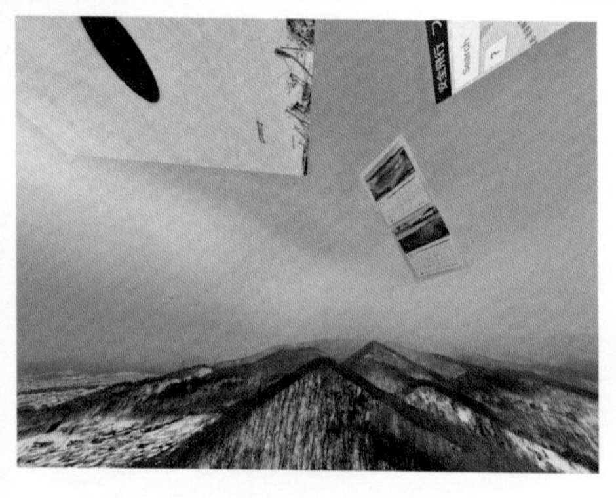

年跨ぐ　暦の予定　確かめぬ

家の近くの林まで足を運び空撮を行う。陽は雪雲に隠されぼんやりと見えている。今年も残りわずかとなる。今年最後の月と来年の最初の月の自家製カレンダーを並べて予定を確認する。カレンダーの写真で空撮のために出掛けた旅行を思い出す。

2022年12月31日(土)

空撮の　撮り納めかな　大晦日

　大晦日で今年も今日で終わりである。スノーシューを履いて近くの林まで行き空撮。鹿の足跡が残っているけれど鹿の姿は無い。野鳥を探すもヒヨドリかスズメぐらい。今日が最終日のクラウドファンディングをチェックし21名の支援者を確認する。

あとがき

シリーズで出版してきた爪句集は2008年に第1集が、2022年に第50集が出版されて14年間で50集を数えている。従って1年間で平均3.5集の出版となっている。出版部数は毎集1000冊で平均300冊程度が書店での販売と寄贈で捌かれている。しかし、残りは在庫となって溜まってくる。この在庫分の圧力は相当なものである。

この圧力が効いたせいもあり、節目の第50集を出版してから第51集の出版には1年間を要していて、2022年からの出版回数は激減している。出版された爪句集はテーマがあり、そのテーマが枯渇した訳ではなく、これからも爪句集として出版していきたいテーマは多々ある。出版のペースが落ちたのはやはり前述の在庫の圧力と出版費用の赤字の増加である。

出版費用の赤字は、元々趣味（道楽）の範囲内でのプロジェクトなので、老後に備えた資金を取り崩して対処しようとの心づもりがある。老い先がそれほど長くないと思えば爪句集出版に散財しても惜しくない。しかし、A7判の豆本とはいっても、在庫の圧力は物理的なもので、気持ちの持ちょうだけでは如何ともし難い。

この圧力を和らげようと第50集の出版を契機に全50巻をまとめて大学や高校の図書施設、市町村の図書館に寄贈するプロジェクトを考え実行に移してみた。本の寄贈は無償の贈呈であっても受け入れる側の意向次第で成否が決まってくる。最初は著者が知り合いを介して寄贈先を探していたけれど、それなりの数の寄贈先を確保するには組織の力を借りるしかない。

札幌市民の著者は町田隆敏現札幌市副市長を以前から知っており、町田副市長にこの件を頼み込んだ。副市長から札幌市の図書関係者へ爪句集寄贈の話が伝えられ、札幌市中央図書館の関係者が世話役となり、札幌市中央図書館を始めとして札幌市図書・情報館、札幌市各区の図書館、各地区センターの図書施設等計20施設に寄贈が行われた経緯がある。これらの寄贈に関してお骨折りいただいた町田副市長を始め、札幌市中央図書館の関係者にお礼申し上げる。

爪句集全50巻寄贈プロジェクトは北海道新聞社が勧進元のクラウドファンディング（CF）find-Hでも公開して行った。公開プロジェクトでは「爪句集寄贈会」も立ち上げていて、会のメンバーは著者に加えて、齋藤清氏（元旭川高等専門学校教授)、三橋龍一氏（北海道科学大学教授)、渡部浩士氏（北海道学校図書館協会理事・新川西中学校長)、奥山敏康氏（アイワード・共同文化社社長)、里見英樹氏（メディア・マジック社長）の諸氏である。これらの方々には寄贈プロジェクト推進でお世話になっておりここにお礼申し上げる。なおこのCFへの支援者はこの「あとがき」の末尾にお名前を記してお礼としたい。

市町村の図書館や学校の図書施設と個々のやり取りでご協力いただいた図書関係者(司書)の方々もおられる。寄贈本の宣伝や配架に工夫された写真等も寄せていただき感謝している。特に旭川藤星高校の関係者のお手紙やメールから、同校生が著者になった爪句集が実現できるのではないかと考えたりもしている。爪句集はこれまで著者一人が作品作りから出版までを行って来たけれど、爪句集の形式は残して、多くの著者による爪句集出版が行われると、あるいは次の節目の第100集出版も可能かも知れないと思っている。

この第51集は2022年1年間のブログに投稿した毎日の写真から選択を行い編集したものである。1年間には著者個人にも何が起こるか分からないものである。9月頃には食欲不振で体重が減り始め、11月に入ると体調不良が顕著になり、12月に入り病院での診察があり、その後12月末には市立札幌病院で手術を受けた。手術前後でもブログ投稿は続けていて、闘病ブログの趣にもなってきた。これらの闘病ブログを本爪句集に採用するかは、あまりにも個人的なテーマで迷ってしまう。しかし、個人的な記録として本の形で残しておきたくもあり、「あとがき」に続く1ページに院内の記事を載せた。

本爪句集出版にはCFの支援者の外にもお世話になった方々もおられ、お名前は割愛してこれらの方々にお礼申しあげる。最後に爪句集出版でも闘病でも惜しみなく手助けしてくれた妻に感謝の言葉を書き残しておきたい。

クラウドファンディング支援者のお名前
(敬称略、支援順、カッコ内爪句集50巻寄贈先施設名)

青木順子、三橋龍一（美唄市立図書館）、齋藤清（旭川市中央図書館、剣淵町絵本の館、和寒町立図書館）、相澤直子、惣田浩、奥山敏康、菊地美佳子、木村芳彦、芳賀和輝、芳賀ますみ、長江ひろみ、尾北紀靖、菊池豊、寺町真澄、国本利文、波木星龍、本昌子、青木由直（新ひだか町図書館、旭川藤星高等学校図書室、比布町図書館）、王碩玉、宋北冬、七島美津恵、里見英樹

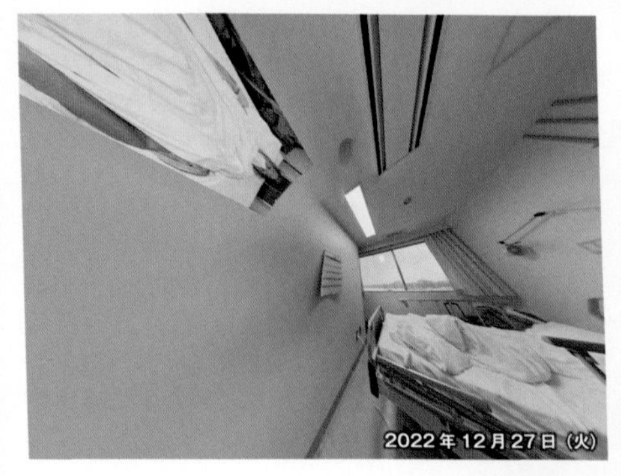

おたま（精嚢）摘り　ベッドに拘束　一昼夜

泌尿科の先生達は睾丸をおたまと表現していた。前立腺がんでホルモン治療のため精嚢を摘出した方が後々治療が楽になるとの説明。80歳を超せばもう不用の臓器で摘出する。手術の後は点滴や小水取りの管につながれ1昼夜ベッドに拘束される。

著者：青木曲直（本名由直）（1941～）

北海道大学名誉教授、工学博士。1966年北大大学院修士修了、北大講師、助教授、教授を経て2005年定年退職。eシルクロード研究工房・房主（ぼうず）、私的勉強会「eシルクロード大学」を主宰。2015年より北海道科学大学客員教授。2017年ドローン検定1級取得。北大退職後の著作として「札幌秘境100選」（マップショップ、2006)、「小樽・石狩秘境100選」（共同文化社、2007)、「江別・北広島秘境100選」（同、2008)、「爪句@札幌＆近郊百景 series1」～「爪句@今日の一枚—2021 series50」（共同文化社、2008～2022)、「札幌の秘境」（北海道新聞社、2009)、「風景印でめぐる札幌の秘境」（北海道新聞社、2009)、「さっぽろ花散歩」（北海道新聞社、2010)。北海道新聞文化賞（2000)、北海道文化賞（2001)、北海道科学技術賞（2003)、経済産業大臣表彰（2004)、札幌市産業経済功労者表彰（2007)、北海道功労賞（2013)、瑞宝中綬章（2021)。

≪共同文化社　既刊≫

〔北海道豆本series〕

1　爪句@札幌＆近郊百景
212P（2008－1）
定価　381円＋税

2　爪句@札幌の花と木と家
216P（2008－4）
定価　381円＋税

3　爪句@都市のデザイン
220P（2008－7）
定価 381円＋税

4　爪句@北大の四季
216P（2009－2）
定価 476円＋税

5　爪句@札幌の四季
216P（2009－4）
定価 476円＋税

6　爪句@私の札幌秘境
216P（2009－11）
定価 476円＋税

7　爪句@花の四季
216P（2010－4）
定価 476円＋税

8　爪句@思い出の都市秘境
216P（2010－10）
定価 476円＋税

9　爪句@北海道の駅ー道央冬編
P224（2010−12）
定価 476 円+税

10　爪句@マクロ撮影花世界
P220（2011−3）
定価 476 円+税

11　爪句@木のある風景ー札幌編
216P（2011−6）
定価 476 円+税

12　爪句@今朝の一枚
224P（2011−9）
定価 476 円+税

13　爪句@札幌花散歩
216P（2011−10）
定価 476 円+税

14　爪句@虫の居る風景
216P（2012−1）
定価 476 円+税

15　爪句@今朝の一枚②
232P（2012−3）
定価 476 円+税

16　爪句@パノラマ写真の世界ー札幌の冬
216P（2012−5）
定価 476 円+税

17　爪句@札幌街角世界旅行
224P（2012−7）
定価 476 円＋税
18　爪句@今日の花
248P（2012−9）
定価 476 円＋税

19　爪句@札幌の野鳥
224P（2012−10）
定価 476 円＋税
20　爪句@日々の情景
224P（2013−2）
定価 476 円＋税

21　爪句@北海道の駅−道南編 1
224P（2013−6）
定価 476 円＋税
22　爪句@日々のパノラマ写真
224P（2014−4）
定価 476 円＋税

23　爪句@北大物語り
224P（2014−11）
定価 476 円＋税
24　爪句@今日の一枚
224P（2015−3）
定価 476 円＋税

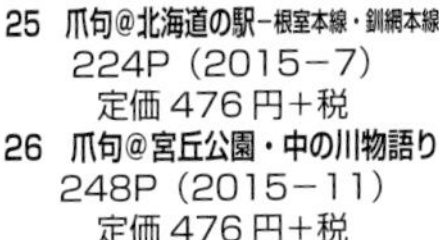

25　爪句@北海道の駅–根室本線・釧網本線
224P（2015−7）
定価 476 円+税

26　爪句@宮丘公園・中の川物語り
248P（2015−11）
定価 476 円+税

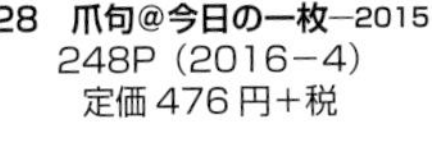

27　爪句@北海道の駅–石北本線・宗谷本線
248P（2016−2）
定価 476 円+税

28　爪句@今日の一枚–2015
248P（2016−4）
定価 476 円+税

29　爪句@北海道の駅
–函館本線・留萌本線・富良野線・石勝線・札沼線
240P（2016−9）
定価 476 円+税

30　爪句@札幌の行事
224P（2017−1）
定価 476 円+税

31　爪句@今日の一枚–2016
224P（2017−3）
定価 476 円+税

32　爪句@日替わり野鳥
224P（2017−5）
定価 476 円+税

33　爪句@北科大物語り
豆本　100 × 74㎜　224P
オールカラー
(青木曲直 編著　2017−10)
定価 476 円+税

34　爪句@彫刻のある風景
一札幌編
豆本　100 × 74㎜　232P
オールカラー
(青木曲直 著　2018−2)
定価 476 円+税

35　爪句@今日の一枚
一2017
豆本　100 × 74㎜　224P
オールカラー
(青木曲直 著　2018−3)
定価 476 円+税

36　爪句@マンホールの
ある風景 上
豆本　100 × 74㎜　232P
オールカラー
(青木曲直 著　2018−7)
定価 476 円+税

37　爪句@暦の記憶
豆本　100 × 74㎜　232P
オールカラー
（青木曲直 著　2018－10）
定価 476 円+税

38　爪句@クイズ・ツーリズム
豆本　100 × 74㎜　232P
オールカラー
（青木曲直 著　2019－2）
定価 476 円+税

39　爪句@今日の一枚
—2018
豆本　100 × 74㎜　232P
オールカラー
（青木曲直 著　2019－3）
定価 476 円+税

40　爪句@クイズ・ツーリズム
—鉄道編
豆本　100 × 74㎜　232P
オールカラー
（青木曲直 著　2019－8）
定価 476 円+税

41　爪句@天空物語り
豆本　100 × 74㎜　232P
オールカラー
(青木曲直 著　2019−12)
定価 455 円+税

42　爪句@今日の一枚
—2019
豆本　100 × 74㎜　232P
オールカラー
(青木曲直 著　2020−2)
定価 455 円+税

43　爪句@ 365 日の鳥果
豆本　100 × 74㎜　232P
オールカラー
(青木曲直 著　2020－6)
定価 455 円+税

44　爪句@西野市民の森物語り
豆本　100 × 74mm　232P
オールカラー
(青木曲直 著　2020－8)
定価 455 円+税

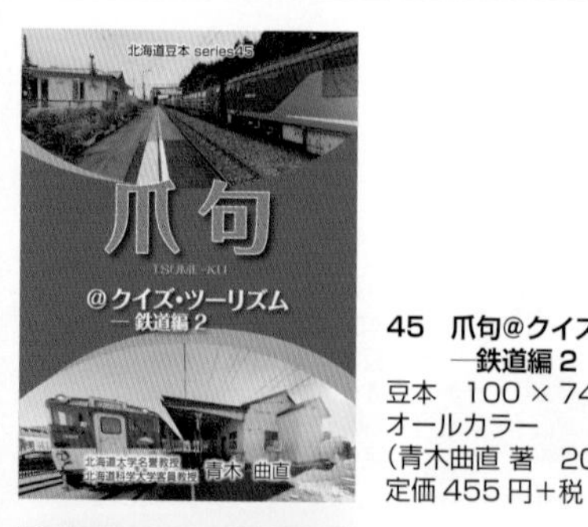

45　爪句@クイズ・ツーリズム
　　　—鉄道編 2
豆本　100 × 74㎜　232P
オールカラー
（青木曲直 著　2020－11）
定価 455 円＋税

46　爪句@今日の一枚
　　　—2020
豆本　100 × 74㎜　232P
オールカラー
（青木曲直 著　2021－3）
定価 500 円（本体 455 円＋税10%）

47　爪句@天空の花と鳥
豆本　100 × 74㎜　232P
オールカラー
（青木曲直 著　2021－5）
定価 500 円（本体 455 円＋税10%）

48　爪句@天空のスケッチ
豆本　100 × 74㎜　232P
オールカラー
（青木曲直 著　2021－7）
定価 500 円（本体 455 円+税10%）

49 爪句@あの日あの人
豆本 100×74㎜ 248P
オールカラー
(青木曲直 著 2021−12)
定価 500 円（本体 455 円+税10%）

50 爪句@今日の一枚 — 2021
豆本 100 × 74㎜ 232P
オールカラー
（青木曲直 著 2022－2）
定価 500 円（本体 455 円＋税10%）

北海道豆本　series51
爪句@空撮日記 — 2022
都市秘境100選ブログ　http://hikyou.sakura.ne.jp/v2/

2023年2月23日　初版発行
著　者　青木曲直（本名 由直）
aoki@esilk.org
企画・編集　eSRU 出版
発　行　共同文化社　〒060-0033　札幌市中央区北3条東5丁目
TEL011-251-8078　FAX011-232-8228
http://kyodo-bunkasha.net/
印　刷　株式会社アイワード
定　価　500円［本体455円+税］

ISBN 978-4-87739-380-9